花间集·年少春衫薄

小情歌

寂寞空闺守春色

著 丝丝入扣

山东教育出版社

图书在版编目（CIP）数据

花间集·年少春衫薄 / 丝丝入扣著. — 济南：

山东教育出版社，2011

（小情歌系列）

ISBN 978-7-5328-6841-4

Ⅰ. ①花… Ⅱ. ①丝… Ⅲ. ①词（文学）—文学欣

赏—中国—古代 Ⅳ. ①I207.23

中国版本图书馆CIP数据核字（2011）第078736号

花间集·年少春衫薄

丝丝入扣 著

出版策划：胡延东

责任编辑：刘　辉

主　　管：山东出版集团

出 版 者：山东教育出版社

　　　　　（济南市纬一路321号　邮编：250001）

电　　话：（0531）82092663　传真：（0531）82092661

网　　址：http://www.sjs.com.cn

发 行 者：山东教育出版社

印　　刷：北京燕旭开拓印务有限公司

版　　次：2011年9月第1版第1次印刷

规　　格：710mm×1000mm　1/16

印　　张：15印张

字　　数：180千字

书　　号：ISBN 978-7-5328-6841-4

定　　价：25.80元

真美慕著名作家们的话——作品一旦完成，就和写作者本身脱离了干系，你看到的都是你自己想看到的，而你也只能看到你自己。如今，我也想狐假虎威地这么说话，用这个接口来逃避评价。无论读者阅读时会有什么样的表情，我都打算躲在旮旯里躲开你们。然而还是有需要交代的话。

写这本书的时候，还是在北京的12月，传说中的"千年极寒"果然很有手段，日复一日变本加厉的冷，天地只有玄黄二色，足以打消你任何欢乐的念头，而物极必反，实在没有任何乐趣，我痛定思痛，就在这样的日子里跑去国图重温《花间词》。

国图的新馆是一座梦幻城。那么多的书干干净净整整齐齐地拉手站立，古典的棕黄色让你感觉暖暖的。我坐在方形的城中间，四面都是高高的书的城墙，让我无处可逃。我翻开书，看着那些玉钗、杨柳、香脂、发髻、鹧鸪、大雁、牡丹、细雨、微风……一股浓香扑面而来，掺杂着强烈的千年惆怅。

《花间词》里有多少宫廷贵妇和青楼女子，即使周围富丽堂皇，即使她们彻夜歌舞，当黎明到来，当一切肤浅的快乐烟消云散，她们还需要面对自己的悲哀。不同的女子怀揣着她们不为人知的隐秘故事，欲语还羞地出现在我的面前。

卿卿我我，尔侬我侬，香艳感性，华彩都丽的词曲由男人之手写出。女子悲哀自己的命运。男人悲哀自己的前途。这是女性和男性性质迥异而同样沉重的悲哀。迄今为止也没有改观。

写这些文章的时候，用的都是些时间碎片，从北京一直写到三亚。沿途风景一直在变换，温度一直在上升，心情也有自己的圆缺。最后停留在一片苍茫的大海面前，每天上午起来去看海，晚上归来。这里只有大海，大把的时间用来在海滩上歇着，什么都不想。因为什么都不想，所以什么都想了。

习惯性地看着海滩上不同的女人，或美或丑，或肥或瘦，穿着不同趣味的衣服，显示着自己不同的生活品质和精神状态。

我对女人尤其是美人的命运一直有着极为强烈的好奇。那些美人的命运与我没有丝毫的关系，而我只是一个如此渺小的多情者，以为我们之间存在着某种微弱的联系，又自命不凡，希望能够收获常识，有所借鉴。更生出奢望，希望自己的生命能够开出花来。

如今，春暖花开，重回北京，书成定稿。那些花蕊里甜甜的香味，终日揽镜自照并流下绵绵眼泪的美人似乎离我远去了。她们娇弱的美，无可奈何的年华老逝，和我现在需要直面的一地鸡毛的琐事夹杂在一起，迎接春天。

一个人只有面对自己的悲哀时是有足够耐心和认真的。而多情的人看到别人的悲哀，真挚地流下自己的泪水。我们就这样生活在自己的故事里，被一种伟大的自然力指引着，走向迷茫的未来。

三月底，桃花明艳了我们的眼，是该去看桃花了。

目录 CONTENTS

目录
CONTENTS

IV

目录

CONTENTS

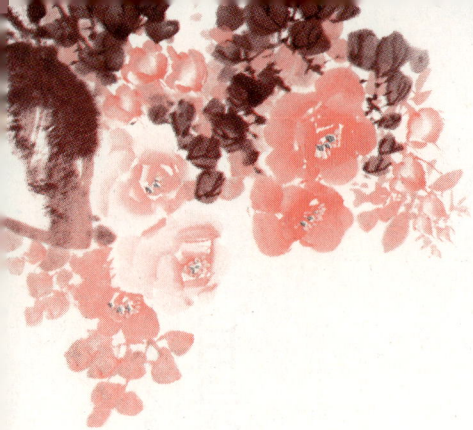

《菩萨蛮》：山如眉黛

《菩萨蛮•小山重叠金明灭》•温庭筠

小山重叠金明灭，鬓云欲度香腮雪。懒起画娥眉，弄妆梳洗迟。照花前后镜，花面交相映。新帖绣罗襦，双双金鹧鸪。

提到花间，很多人脑海里会条件反射般出现这首词，同时还会再想起那个才华横溢、脾气古怪、放纵多情、终身潦倒的文人，也许有人还会想起他和鱼玄机浅尝辄止的情事。而我，仿佛看到了多年前隋唐文学课上那个我至今不记得名字也不记得长相的老师，他兴趣貌似只在红香翠软，将温庭筠、李煜稍带着一点韦庄讲了整个学期，而这首《菩萨蛮》就是他第一次课的全部内容，耗时两个小时。讲到得意处，他不顾中年发福之躯，微靠讲桌一侧，边摆动脑袋，念着"照花前后镜，花面交双映"，物我两忘，憨态可掬。底下年轻中文系学生放肆的笑一阵接着一阵，直接冲破坚固而灰头土脸的苏联建筑八角楼，直上云霄。

对于开头"小山"二字的解释，向来有"屏风上的山"和"女主人公之眉"的分歧，多少人兴致勃勃做了论文已经数不清楚了，连周汝昌和叶嘉莹的意见也难以一致。其实这是件多么简单的事，因为如果温飞卿想要表达的是前者，他一定会有更好的词可供选择，而山如眉黛，不但同时代有证可考，而且更符合众人的审美趣味。而"金明灭"也是另一个紧随其后的公

案，到底是眉间的颜料，还是头顶的珠宝，还是屏风上的金线，用来交代日上三竿的时间？不妨三者者兼而有之吧。于是，这样一个昨夜笙歌导致今日晚起的美人，眉妆半残，却更增添了风韵，乌黑的云朵悄悄漫过了肤如凝脂的面颊……

后人才读了这两句，就齐声说道：她一定还是懒懒地躺着的。是的，此时我的眼前已经展现出了这样一幅美人醉卧的工笔图，香艳的气味已经穿透千年的历史风尘扑面而来了。

作为一种四两拨千斤的伟大发明，镜子这种极寒之物一旦出现，似乎总是难脱鬼气，让人意料之外的事也会接踵而来。认识了这种魅力，生的并不美的张爱玲就喜欢频繁使用镜子的意象，而《红楼梦》中对镜的细节之多，牵涉人物之广，令人咋舌。宝玉、刘姥姥、平儿、贾瑞，就这样在镜子里看到他们各自的悲喜。

古代的镜子自然没有如今水银镜子的冰冷，但铜镜中照得人影依然那么遥远，确实也够呛。古代的美人有这么漫长的时间需要打发，她能从镜子中看到什么？每个人的脸大约是唯一让人感到新鲜和百看不厌的东西。她会为自己的倾城之貌惊讶吗？而每个人都无法预料自己的命运一厘一米，又是多么奇怪的事情啊。

话说这位慵懒的美女，在经过侍女的洗面、画眉、簪花等精心打扮后，以前后镜的形式查看自己的发型。人面如花，又与所簪之花一起争奇斗艳。我一直认为美女是要经得起簪花的，簪花后花无损人的美，人与花相得益彰才好，如果只见花不见人，或者因花而使人相形见绌，那就很可怜了。而时间到了今日，现在能承受得住簪花的人可不多见了。

美女照镜，还是前后两个镜子，你能想象得出那样虚幻的光影吗？那张姣好的脸，在你目力所及的范围内出现了几次？她是喜是忧，我们不得而知，她的五官我们也不得而知，我们似乎被千年前反射来的镜子的光芒晃了眼睛，一时间，竟然会生发些不真实的晕船的感觉。

鹧鸪，是一种什么样的鸟，我从未见过，只是多次见过这样两个字。

想着它一定很瘦削，才配得上千载的哀思与忧愁，才配的上那句多情人模拟它叫声时说的"行不得也哥哥"。但专门去找了图片看，却发现其体形似鸡而比鸡小，现在能找到的人工饲养的成年鹧鸪全长大于一个标准鼠标垫，体重多于半斤，头小，身子大，简直就是一只三黄鸡。真不敢想一双金线绣成的三黄鸡在滑腻的丝织品上出现是什么效果，所以对于鹧鸪我权且当作从来没见过……

似乎此词一直作为最著名的《花间集》代表作雄踞首位，人们对温飞卿的柔情似水持迥异的态度，我也一直很矛盾。这首词实在是太堆砌了，短短几句，堆满了金光闪闪的东西，每一件都好。她的身份不详，但必然是富有的，富有倒未必尊贵，那她是在深宫中为君王等到白头的美人吗？还是风月场里迎来送往的女子？又据说有的美人美则美矣，是没有灵魂的。此词的女主人公美艳至极，她有灵魂吗，如果有，那痛苦必然是深入骨髓的，她的灵魂会像《情癫大圣》里住在蛋壳里的范冰冰那样吗？双飞的金鹧鸪，是她的向往吗？美色如此容易流逝，眼睁睁看着自己唯一所有之物白白耗尽，又怎么办？

多情的人，就这样带着迷茫，投入一声千古的叹息之中。

《菩萨蛮》：你的伤恸，谁人能懂

《菩萨蛮·水精帘里颇黎枕》·温庭筠

水精帘里颇黎枕，暖香惹梦鸳鸯锦。江上柳如烟，雁飞残月天。

藕丝秋色浅，人胜参差剪。双鬓隔香红，玉钗头上风。

我们从小学了那么多的诗，大约每两首诗就有一首的中心思想是怀才不遇。想想吧，在我们还只是个流鼻涕、流哈喇子、垂涎零食的小萝莉或者正太的时候，并不知道"才"是个什么东西，就开始频频地念叨"怀才不遇"，以至于我们可能一开始就没有机会真正明白怀才不遇的确切滋味——另一方面，等我们长大了，似乎总是以为自己长得有几分美，而且有几分才华，一遇到挫折，就觉得自己怀才不遇。其实都是他人眼中的路人，当然路人才是主流。

所以，当我们看到李白、杜甫，看到屈原、嵇康、柳永……这些我们太过熟悉的名字，我们背诵着那些我们能分析出一两点社会意义的名句时，也许我们从未意识到我们一边口口声声说着他们的抱负和多舛的命运，口口声声说着生命的不公与造化弄人，一边却永远无法真正明白那种怀才不遇的愤恨和悲哀。

平凡如我们能理解那种伤恸吗？

我从来都没有怀疑过所有的真正的作家都是痛苦的。哪怕我亲眼看到莫言在校友座谈会上打着没有意义的哈哈，完毕，与坐在他身旁的苏童交头接耳。其实我并不想看到他们这个样子，就像因为蛋是好的，我老是猜测鸡也是好的，就连鸡屁股也是好的。再说莫言自己也说他不算真正意义上的北师大校友，和下课后常常坐22路公交车去吃延吉冷面改善生活的苏童可不一样。可不管他们说了什么漂亮无聊的场面话，我猜他们私下里一定是痛苦的。要不，世界上不会有罗汉大爷、野骡子姑姑，不会有颂莲和秋仪，更没有让我们迷醉的瞬间。

莫言、苏童总算名扬天下。

怀才不遇。让我们大胆地猜一猜，那该是一种比普通人遭遇穷途末路更绝望的呼喊吧。一次次陷入绝望又一次次将自己从绝望中捞起。一次次沉醉，然而当酒醉的头痛欲裂与飘飘然均已退去，生活却没有丝毫改观。

有多么大的才华就会有多么大的痛苦吗？那可以在考场上帮助那么多人做文章时叉八下的瞬间就完稿的温八叉，得多有才华呢？我想不出来。那他的痛苦有多少？我实在也无从知晓。

于是在读他的词时，我常常陷入这种未知的迷惘，思绪止步不前。

还是看字面意思吧。

真珠、水精，古诗词里还有这种残存的词汇，比珍珠和水晶更能惹人遐想。真，无关人工雕饰；精，魂魄乃属天成。可惜如今人工养殖的珍珠泛滥，十块钱就能从北戴河、青岛、大连、厦门、海南旅游地的地摊上买回搭扣粗糙、珠子歪瓜裂枣的珍珠项链。

在我十几岁的时候，对些银镯子、银戒指、珊瑚、水晶之类的东西感兴趣。买了染色的假珊瑚、绿松石，再小心都会断的蛇骨银链子，还有各种各样的水晶。粉的据说可以提升桃花运和人缘，白色据说可以增强记忆力，紫色水晶被称作"魅力之石"，有种神秘的力量，"绿幽灵"有着极大的正能量……这些东西并不怎么昂贵，真假也很容易分清，我一串串地攒着，戴了很多串，它们是那么沉，那么凉，即使在夏天，也能感到那毫不犹豫的清冷。到了冬

天，还坚持戴，冻得要死，于是脱了它们，暖一会儿手，继续戴上……

总是觉得这些自然界的石头有些未知的神秘。隐隐地与主人的命运联系在一起。而水精帘，总是让我想起女儿国太师轻挽珠帘，唐僧看到多情的女儿国国王摄人心魄的风姿。国色天香不过如此吧，就连唐僧也在刹那间佛心微动，许了来世的承诺。

再说枕头。我在博物馆里看到过那么多的枕头，每次我都惊讶于图案的精美绝伦和描绘的多余，及那硬邦邦的陶瓷材质。我认识的某个女人说，没有安睡宝的枕头，她是无法睡着觉的。有一段时间我也睡不好，反复买了好多枕头，没有一个让人满意的。导致在一段时间内我那狭小的宿舍床上堆着四个枕头，其中包括一个需要时常去晒仍去不掉鸭子味道的羽毛枕。再后来，我终于找到了一个不会带给我睡觉困扰的枕头，并毅然扔掉了多余的，尤其是那个鸭子味道的。虽然，睡眠问题绝对不是枕头可以说了算的，但你本来就睡不着，一个糟糕的枕头偏偏纠缠你的时候，漫漫长夜变得格外漫漫，那种烦躁，实在是要老命了。

所以，直到现在我都怀疑，那么冰冷的硬枕头，琉璃的、瓷的，不会冷得彻骨么？那么繁多的花纹，费了多少工夫，有什么用？眼泪流下来一定是很美的，谁能替哭泣的人生活？温飞卿的词中多有山枕，这种中间低、两端高的枕头，中间承担着泪眼蒙眬的弱女子的命运呢！

熏炉中的烟袅袅的，美人独处，思睡昏昏，大好年华如此虚度，也只能如此了。怀才不遇嘛，醒着和睡着又有什么区别呢？倒不如睡去，那份痛苦也许能在沉睡中忘却一二分吧。

可一旦睡去，那梦就袭来。屋内的世界虽堆金砌玉，心早已飞到柳堤边、残月天。美人的心里是凄苦的，这凄清的室外风光和香暖的室内小天地，孰为真？孰为幻？

名唤藕丝的衣料，该有多柔软、轻盈，仿佛轻轻一碰就会不复存在似的。记得有一种颜色就叫秋香绿，带点不确定的绿色，有无限可能，又什么也没有挑明，低调而暧昧。

初看这首词，一定以为美人形容憔悴，如丝如缕。实则正月初七是人日，亦称"人胜节"、"人庆节"、"人口日"、"人七日"等。人日节是我国的古老节日，相传女娲在造出了鸡、狗、猪、牛、马等动物后，第七日造人，故称为人日，也是人类的生日。古人相信天人感应，以人日这天的天气阴晴占卜终年吉凶，日晴为吉，日阴为灾。又有说法曰人日节吃长面，又名拉魂面。又有习俗曰闺中女子在这一日把五颜六色的材料剪成各种花样，做成彩幡，簪在头上，互相比美，称为"幡胜"。

　　说到这里，我又愤愤不平当代人的太过简洁。无论你在纽约还是伦敦、北京、香港、东京，处处都是些香奈儿和H&M，大波浪的头发和牛仔裤，有意思吗？比起千年前女子发髻上种类繁多的彩幡真是差远了。现在的女人们是越来越聪明、越来越美了，可美得越来越雷同，如今连挽个最简单的韩国盘发人们都要在网上四处搜寻视频教程，梳个最光滑的刘海都有或夹或粘的多种塑料器具供你选购，谁还会操起剪刀来变幻心思剪个图画呢？

　　习俗规定人日要热热闹闹开开心心地在家，甚至沿袭至今我们仍有初七不出门的说法。但就像中秋节悲伤的可能性很大，本来应该在家开心的人日常常因为亲人无法团聚而悲伤就是自然而然的事情了。唐高适《人日寄杜二拾遗》中说："人日题诗寄草堂，遥怜故人思故乡。柳条弄色不忍看，梅花满枝空断肠。身在南蕃无所遇，心怀百忧复千虑。今年人日空相忆，明年人日知何处？"最后两句成为千古绝唱。至今读来令人面有哀色。

　　读此词末一句，我眼前一直晃动着金步摇，名知是玉，眼前却一片明晃晃，而一"风"字，有动态之美，更有空的意味。娴静时如娇花照水，行动处似弱柳扶风。动态是比静态更勾魂的吧。

　　看这首词，和上一首一样，实在是太多的精美事物的堆积了，事物之间并没有挑明合理的联系。你可以随意跳跃思绪，也可以干脆说自己看不明白。温飞卿的词就是这样，很容易引起冰火两重天的争议。别说是叶嘉莹这种大师，就连我也注意到了人们对他截然不同的评判态度。褒的以为他有离骚托物之志，贬的以为他"浪费丽字"。看这些太多的华丽的字吧，香艳的脂粉味也难以掩饰悲伤，满目的欢声笑语也透不出来希望，谁能听不见他反反复复的牢骚呢？

《菩萨蛮》：我愿长醉不愿醒

《菩萨蛮·杏花含露团香雪》·温庭筠

　　杏花含露团香雪，绿杨陌上多离别。灯在月胧明，觉来闻晓莺。

　　玉钩褰翠幕，妆浅旧眉薄。春梦正关情，镜中蝉鬓轻。

　　春天有很多花，杏花不算最好的。要说早，不及迎春花在春寒料峭时就微张了脸；要比灿烂更不如桃花，"桃之夭夭，灼灼其华"，可是从《诗经》就盖棺定论的；要说纯洁，怎么也比不过香气袭人的梨花和白玉兰，那一树的白花花，能刺痛人的眼。要说有诗情画意，并非仅仅原产日本我们也广有种植的樱花似乎更能以瞬间的集体凋零获取赞叹。

　　然而杏花有着一种特殊的多情与俏皮，"道白非真白，言红不若红，请君红白外，别眼看天工"。这是杨万里的咏杏句，虽然有人要哂笑说这也太过直切浅陋了些，然而那种白红之间自得其乐的颜色也别有一番风趣。更有红杏尚书的"红杏枝头春意闹"，换了别的花，那是万万不可的。

　　又有一种民间说法，说杏花乃是十二花神之二月花，《西游记》中又有随树精藤怪一起以美色和歌舞、迷魂酒来诱惑唐僧的杏仙，杏花似乎更妖娆了。

　　可见，在我国人民的心中，在我国古典诗词中，杏花有着不可小觑的一席之地。含蓄的美符合国人传统的审美心态，我们似乎可以揣测出正是因其略显小家子气的特色，才塑造了杏花特殊的地位。

一见杏花，羞涩多情的小家碧玉就仿佛出现在眼前。

黯然销魂者，唯别而已矣。不知道为什么一提到离别，很容易就想到杨柳，似乎这种最风情万种的树木与离愁纠结了几千年。汉唐的时候长安灞桥就以烟柳名动天下，甚至有一种说法是那些柳树生下来就是被折来送别的。想起古老的交通要道上，在销魂桥上（灞桥又一名），告别的人们无语凝噎。在古代，相见是如此困难，一次的生离很可能就是终生的死别，多少沉痛的感情就都藏匿在手指里柔嫩的柳枝上呢。

其实，人所共知，早在古老的《诗经》中就有杨柳悲伤的影子——"昔我往矣，杨柳依依，今我来思，雨雪霏霏"，"以哀景写乐，一倍增其哀乐"是我们太过熟悉的著名评判。此后，杨柳早就已经不是平凡的杨柳，而是已经凝结了千年的哀怨，成了不死的精灵了。

又是睡觉。我从小就不喜欢睡觉，在炎热的暑假的中午，大人勒令一定要午休时，我总是惦记着锅里的煮花生和玉米，惦记着小树林里的知了皮，惦记着每个暑假一定会重播的《西游记》，而大人们总是不耐烦地自顾自躺在凉席上；勒令我和我弟不要叽叽喳喳发出声响，于是天地间有了一片安宁，只有钻石牌吊扇不知疲倦地飞转，还有那屋外大太阳下时有时无的知了声。

到了中学就换了天地，到如今回想起来最大的感觉却是困和饿，很容易就饿了，每天时时刻刻都困，课间10分钟就能睡着，上课端坐着也能睡着，有时突然向前点头或向后一仰，因失去平衡而浑身一震。多年后看《盗梦空间》中把人从梦境中唤醒的下坠动作镜头，也想起曾经。

说到《盗梦空间》，真是这几年让人记忆深刻的为数不多的影片。人的梦境到底可以有多少层，我们究竟是生活在真实的生活里还是冗长的梦境中，我们去哪儿找一只陀螺来判断梦境和真实呢？梦在我们的生命中处于如此重要的地位，与我们的内心密不可分，那些我们自己无法预料和掌控的梦

境，那些无法拿来分享、无法暴晒在阳光下的扭曲的碎片，是如此私人化的存在，再亲密的人也无从分享。

除了最累的为数不多的日子，我几乎每天都会做梦，梦境千差万别，常常醒来因为那些梦的碎片而怅然若失，偶尔因为梦中悲剧的烟消云散而庆幸不已，更多的是一片迷茫，什么也不记得了。

有趣的是我梦到过同班一个从未交谈过一句的男生出现在彩虹下，时隔不久，就收到这位我从没有兴趣，甚至没有看清他长相的人的小情书，当时是那么年轻，便无理地决然拒绝了。现在想想，在那个不懂得给别人留余地，更不懂得给自己留余地的年代，一个年轻人也许是付出了很多，产生了很大的能量才能让毫无关系的我梦到他？而我暗恋的白马男经过时间的考验，如今已经变成一个以几乎30岁的高龄还在"网名"中写着类似"咖啡"的人，但就是这个现在提起来让我为自己的判断力感到羞愧的人——我曾多次忍不住说您别丢我的人了，换个正常的名字吧——我偶尔还梦到一两次，无非是公子沦落，现在比先前阔多了之流。醒了，就为自己的小心眼更加惭愧。

如今随着我对现实的认识不断加深，对优秀的老帅哥的热爱与日俱增，天天围观李开复的微薄，知道李彦宏、马化腾、张朝阳乃至比尔·盖茨都是天蝎座，对早就变色的白马男丧失了兴趣，更别提梦中相见了。

最逗的一次是多年前我梦到过我当时想买但碍于价格和实用方面考虑没有买的一双绿色翻毛皮靴。一早醒来，我对某女说，我必须去买那双靴子，我竟然都梦见它了，这是多深的感情和多大的心理阴影才会导致的啊。后来那个靴子就回来了，我得意了好几年。因为它特殊的地位，一直跟随了我好几年。到最后实在破败不堪才被扔掉。至今我依然遵循这一规律，并感到妙不可言。

让我们设想这首词的场景：一个中国式的杏花美女，沉浸于不足为外人所道的梦境中，千回百转，突然间被本来动听而现在如此残酷的鸟啼惊醒，春梦了无痕，一切缠绵都瞬间烟消云散，那种凄凉和惆怅是无法言语的。

这很容易让人想到"打杀长鸣鸡，弹去乌臼鸟，愿得连冥不复曙，一年都一晓"的句子。打打杀杀，只愿天地间唯有漫漫黑夜，天长地久。当时古代文学学到这时，老师非得讲多么好，可惜下面的学生都只是十七八岁的大一新生，实在太年轻，读来读去，怎么也看不出好来。只记得当时主讲的老头一副叹息的模样。现在想来，这么大胆露骨的表达，这么简单直接的愤怒和渴望，本是不符合国人的审美的，就连现在脸皮较厚的我见了也要一惊，真是难得。

而当时老头也许想起了他青涩年代的某个恋人也未可知。

到了以大胆吓人的元曲，贯云石的《红绣鞋》就说得更清楚了：

> "挨着靠着云窗同坐，偎着抱着月枕双歌。听着数着愁着怕着早四更过。四更过情未足，情未足夜如梭。天哪，更闰一更儿妨甚么！"

这回的主人公没那么贪心，只求闰一更儿就好。两人好得如蜜里调油，时光在反复的耳鬓厮磨中转瞬即逝，一旦白天降临，两个相爱的人就要分离，也许甚至是终身别离，哪怕多一刻也是好的，多一分一秒也是好的。有香艳感，却硬生生生了悲壮出来。

一直觉得杨玉环太有本事，把一个本来不好她这口甜腻雍容华美，而是好清逸俊秀甚至孤高冷傲的梅妃风格的唐明皇迷得"从此君王不早朝"，可见天上不如人间，梅花不如牡丹，骄傲不如柔顺，文学女青年不如贤妻良母。当然，这又是值得诸君共勉的题外话了。

可怎么办呢？再好的温柔富贵乡里，终究是醒了，醒了就是冰冷的现实。当现实美好时，我们不愿意闭眼，认为一闭眼幸福就不会瓦全，睡觉实在是白白浪费时间。

而当现在已经没有睡觉美好的时候，能睡着已经是一天中最好的事。在不得不清醒的白天，那么多的痛苦，都藏匿在细枝末节的生活中。伸手，去挽帐子上的玉钩，揽镜自照，发现妆已残。

有关残妆，貌似男人们都很喜欢，"只见残桩半闪篝灯下，妒杀芙蓉两岸花"，然而我是不信的。我一直记得鲁迅在《奔月》里有个句子："残膏的灯火照着残妆，粉有些褪了，眼圈显得微黄，眉毛的黛色也仿佛两边不一样。"对此，我深以为然，粉掉了一半，眉毛不均衡，头发乱七八糟，如同现在流行的破洞网眼丝袜，即使业内人士再怎么推崇，也像掉了一半的指甲油一样，有残花败柳之感，并不可能是怎么美的。

温庭筠自己是个丑人，种种证据能表明这一点。《旧唐书》里说，温庭筠相貌比较引人注目，当时有"温钟馗"之称，而钟馗的面目据说是豹头环眼，铁面虬鬓，无非就是千古一致的审丑观：黑、凶、大脸、秃脑门等等，总之就是五官精力不集中，毫无和谐感。虽然是红颜自古多薄命，然而丑人从古至今总是吃亏的。而且我发现了越是丑些的人对美的向往越是纯粹和热烈，审美的格调尤为高超，越是喜欢说"我喜欢美女"，又或者是下些"某某某真是丑呀"之类的评判。所以，我竟然大胆以为此词中温庭筠的意思是美人并不美，他以不美的美人写惆怅的初醒的难过，这恐怕会很有争议哈。

《菩萨蛮》：如花美眷，抵不过似水流年

　　六朝至唐，女妆常用黄色点额，因似花蕊，故名蕊黄。我跟很多人都说过我一直觉得眉心间这狭小区间风情万种，可惜人轻言微，没有成效。因此我一直恨恨地想如果我是明星，自然要推动簪花和梅花妆的风尚，那一定比萝卜裤、鸡腿裤、红唇、小烟熏都有意思得多。

　　梅花妆据说是寿阳公主人日卧于含章檐下，梅花落公主额上，成五出之华，拂之不去，皇后留之。这个故事我自然是不信的，但寿阳公主又名为"花靥夫人"，有风情那是一定的，带领着天下的时尚潮流我也是信的，妙手偶得而千古流传了梅花妆也是很有可能的。

　　有趣的是印度妇女也喜在两眉之间前额正中点一个红点，称作"迪勒格"，即吉祥痣。据说点吉祥痣要用朱砂、糯米和玫瑰花瓣等捣成糊状（为何我想到我们武侠片中的壁虎和守宫砂），而瑜伽理论认为，前额眉心是人的生命力的源泉。因此不管后来随着时间的推移，这种痣的颜色样式怎样千变万化，它仍然成为喜庆、吉祥的象征大抵是不错的，而且我觉得这种吉祥

痣特别配印度妆的大中分、长波浪卷发，浓眉、大眼、浓重眼线、丰唇，令最近几年本来就已式微的日韩式的淑女裸妆相形见绌，死于小家子气。

据说现在印度妇女大都放弃了古老的妆法，市场上有一盒盒做好的吉祥痣可供选用，用时取出贴在前额上，样式多样而便捷。而我们更是早就抛弃了"对镜贴花黄"的日子，想找眉间风情，只有在偶尔的汉服表演秀和粗制滥造的古装电视剧里看到那些随心所欲的梅花妆了。

小时候看《红楼梦》，对从老祖宗到太太、小姐，再到刘姥姥脑门的那条带子很有兴趣，后来知道它叫抹额，这名字俏皮、实在得跟料想的一样，仿佛哪辈子就听过似的。抹额，也称额带、头箍、发箍、眉勒、脑包，其他名字都要逊色许多。而无论是精致的刺绣、昂贵的珠玉还是简陋的素色带子都让人感到美好。据说这种东西本来是北方少数民族所创的避寒之物，《续汉书·舆服志》注，胡广曰："北方寒冷，以貂皮暖额，附施于冠，因遂变成首饰，此即抹额之滥觞"，谁想后来就成了装饰的重头戏。

话说回来，词中的这位美人早晨起来，看到眉妆已残，鹅黄模糊不清，弥漫了面庞，忆起昨夜与他欢乐，美人对着朦胧的纱窗，笑容悄悄上了脸。想起上一次的相遇，牡丹花下，良辰美景，是何等一对璧人！然而相见匆匆，别亦匆匆，刹那如流星。如今纵然每日金翠为钗，然而双蝶飞舞，我独自一人，又有何趣？满腹的话儿无从说起，月光下娇美的花儿沉默不语。

《花间集》一出，"词为艳科"的帽子就戴上了，其实也确实不亏。这部集子里写两性关系、闺阁仇怨的确实不在少数，每个人都表面上淡淡的，实则各怀鬼胎。

何其芳说他喜欢花间词，又说过"我不是从一个概念的闪动去寻找它的形体，浮现在我心灵里的原来就是一些颜色、一些图案"，"只是为这样一些形象、情绪和气氛所萦绕"并难以自禁而开始创作。何其芳回忆说，"我从童时翻读着那小楼上的木箱里的书籍以来就坠入了文字魔障。我喜欢那种锤炼，那种色彩的配合，那种镜花水月。我喜欢读一些唐人的绝句。那譬如一微笑，一挥手，纵然表达着意思但我欣赏的却是姿态"。

我很容易想起来张爱玲的"桃红色是有香气的"，可不，做妾的颜色。花间词确实是有颜色也有香气的。

电视剧《宫心计》比《金枝欲孽》要差得多，由于"高大全"而让人略为讨厌的圣母刘三好做钗的画面颇有趣味。司珍房那些华丽的首饰，刘母精心打造给太后却导致杀身之祸的"凤凰朝日"，刘三好帮助秋儿获得宠幸研制的"影舞荧光"……不管道具是怎样的粗制滥造，那种灯光下狭小屏幕上的珠光宝气确实有种视觉上的震人心魄的美。

洪晃一直鄙视中国女人就知道让男人给买包、衣服、鞋子，不如国外情人送金银细软实惠又有品位。我也一直觉得惭愧，但实在是因为我们才刚刚解决温饱，着急着打扮自己的身体，身体之外的甚至还无暇顾及的缘故。

以上说的是词的颜色，以下来说说词的香味。

大胆而充满娱乐气质的杜丽娘曾叹道：

"良辰美景奈何天，赏心乐事谁家院？朝飞暮卷，云霞翠轩，雨丝风片，烟波画船。锦屏人忒看的这韶光贱！"

就算是现在如此开放，我们对崔莺莺和杜丽娘二位大小姐的行为也瞠目结舌。她们一个是相府千金，一个是太守之后，一个自己主动抱着被子跑到西厢和情人幽会，一个梦中与人幽会并感梦而亡。而这两个著名的范本至少说明了一个问题：性在中国人的心中，就是如此隐晦和耐人寻味。

越是对性讳莫如深、彬彬有礼的民族，其对待性的态度越是暗藏生机。且不说我们隔壁的大和民族，就连最有现实精神最讲"礼"的我们也有一个更有趣的性文学史。这条与我们冠冕堂皇的"仁义礼智信"的庙堂文学相伴随的地下河似乎上不得台面，却波涛滚滚，充满活力。

这首词被提到的频率似乎并不如《菩萨蛮》中其他词高，据说就是因为它过于放浪、贴近尘俗。可人类就是这么繁衍生息的，多令人惊讶！客观存在就是客观存在，卫道士也没法否认、也指引不出一条明路吧。那些埋藏

在人类心底的秘密和欲望，有谁能说得清道得明呢？

就像这首词中的美人，只能抓得住眼前，可这当下也很快就变成回忆，没有未来，而现在片刻的欢愉，足以让人沉溺。

那就沉溺吧。

其实即使是正统文学史一旦讲到了明清，气氛就越发诡异了，事实上，似乎学术界人研究先秦的一向自以为了不起，瞧不起研究明清的，以为小道、不入流，我倒一向认为研究明清的人更热爱生活，做人要有趣得多，学术生活也蛮有意思。

看吧，人人都知道杜丽娘遗画给柳梦梅，可谁知道她自描小像前的心理呢？

"我杜丽娘往日艳冶轻盈，怎奈一瘦至此！若不趁此时自行描画，留在人间，一旦无常，谁知西蜀杜丽娘有如此之美貌乎！"

人生得意须尽欢，莫使金樽空对月。"及时行乐"这个信条一直潜伏于中国人高度紧张的神经、未雨绸缪的计划后面。一反一正，和谐得令人惊诧。

不错，良辰美景、韶光匆匆、万物静默无言，美人独自面对人力不可为的自然法则，能怎样伸手抓住青春呢？也只有活在记忆中了。

正如此词的结尾："心事竟谁知，月明花满枝。"人们对这两句一向评价很高，人们喜欢引用李渔"有以淡语收浓词者，别是一法"之语，的确恰当。总有一天，今日的花容月貌终将逝去，怎样挽留也徒劳无功，像当初的情人的离去。而一无所有的我，竟然要孤独终老吗？

靠回忆过活是可怕的。当初的欢愉能有多么丰富，能承担得起日复一日年复一年的支付。更何况只是一时的欢愉。

那就尽情美化它们吧，那些美好的回忆冲淡了凄凉的现在，尽量不要去多想。也许这样也是幸福的。

可是过了很多年，一个早熟而孤傲的上海女子淡淡地戳穿了一切：

刺激性的享乐，如同浴缸里浅浅地放了水，坐在里面，热气上腾也得到昏锵的愉快，然而终究浅，就使躺下去，也没法子淹没全身，思想复杂一点的人，再再荒唐，也难求得整个的沉湎。

《菩萨蛮》：天长地久是很玄的东西

《菩萨蛮·玉楼明月长相忆》·温庭筠

玉楼明月长相忆，柳丝袅娜春无力。门外草萋萋，送君闻马嘶。

画罗金翡翠，香烛销成泪。花落子规啼，绿窗残梦迷。

　　分别在如今这年头也是件危险的事。每到六月，毕业季的到来同时宣告分手季的到来，我们学校所在地铁狮子坟的那个小小的阴森森的满是松树的情人坡里总是在晚间应时应景地传来哭声，一对对鸳鸯就以生活的名义纷飞了。似乎工作是最大的借口，生活是最冠冕堂皇的理由，以现实之名，各奔、东西老死不相往来，不用背负道义上的指责。至于出国的更是意味着缘分已尽，出关的那一刻就基本上距离拜拜不远了。

　　这真是件奇怪的事。现在这么方便、廉价的沟通方式，还是阻挡不了人们越来越不靠谱的分叉的情感。我不愿意用"背叛"这样的词，宁愿用中性词"改变"。人们喜欢将这一切归结于距离，但也许这根本不是距离的错，因为即使朝夕相对的两人也可以同床异梦、相对无言。

　　那么，在遥远的古代，分别真是件高危的事，如果用警报等级来标示的话，一定是红色。没有电话、传真、网络，书信也是如此艰难，所以生离成死别很正常。陈世美的故事屡屡上演也很正常，而聪明的崔莺莺同学在"碧云天，黄花地，西风紧，北雁南飞"时最担心的就是张同学黄鹤一去不复返。在陈世美的故事里，主角是痴情女子负心汉，情节是始乱终弃，结果是伸张正义，可在现实生活中，结果可没人说得清。再说，就算是当年包公克服艰难险阻为她伸张正义又有何用，她已经被摧残了大半辈子，什么都没有了，一条卑鄙、下流的生命的失去，只能使旁观人感到道义上的宽慰，对于当事人能有什么弥补呢？

当时年龄小，看《包青天》，特恨陈世美，那小小的愤恨，一直随着剧情波动，被编剧拿捏得死死的。而现在，我已经开始学习写剧本，对于满世界的出轨、小三——谁能想"小三"这个词的流行不超过五年——司空见惯，能自己一边写着虚幻的背叛，心里并不起波澜。若是见到有人能真得相伴到夕阳红，相濡以沫，倒是感到无比的惊奇。若是名人自己说自己如此，便无缘由地生出几分不信任来。

我也是相信这世界上有美好的两性之间的感情的，但它那么稀少和短暂，并不足以被大多数人享用。而人心并不坏，只是人们没有那么大无畏和无私，总是趋利避害，选择对自己更容易的道路而已。所以，如果分开之后，天涯海角，生死不闻，那个人遇到了个合适的人，变了心，并不是很难理解的事情。

世界上没有永恒的东西。唯一不变的就是变化本身。你有什么魅力能保证另一个人永远爱你呢？如果他不再爱你，自然是你失去了竞争力。用责任去维系？但愿责任能天下无敌。

更值得注意的是，写这首词的温庭筠在花前月下的同时，有着一股的遒劲。其实他本来就做过边塞诗作，这类诗一扫其词常见的秾艳绮丽，充满着北地的崇高美，慷慨激昂，高远悲凉，宛如一阵有力的北风，简直与先前判若两人。且看他著名的《商山早行》：

晨起动征铎，客行悲故乡。

鸡声茅店月，人迹板桥霜。

槲叶落山路，枳花明驿墙。

因思杜陵梦，凫雁满回塘。

此诗在璀璨的唐诗银河中也毫不逊色。你听，远行马车所挂的铃在清晨响起，声声打在外乡人的心上。鸡鸣、野店、晓月、足迹、板桥、寒霜、落叶、枳花、驿站泥墙——这一切事物的罗列，构成了一幅幅寒秋图，飘零异乡的人，还要继续赶向不可预知的将来。因为有了这些清冷的事物，达到了"状难写之景如在目前，含不尽之意见于言外"的效果，读完此诗，似有一股寒气袭来。

温庭筠坎坷一生，相聚又别离实在是很平常的事情。在他的心里，藏匿了多少离愁别绪，多少愤怒与忧伤，多少不舍的眼泪与无可奈何的叹息。

那么分别后的日子是如何度过的呢？词人设想美人与情人分别后的情景，于是我们又见到富丽堂皇的陈设，熠熠生辉的珠翠，哭泣的红烛。

色彩如此明艳，调子却是低沉的。像《满城尽带黄金甲》，我倒以为虽然有"馒头"和周杰伦在，场面太做作了，但毕竟其原型《雷雨》是好的，《黄金甲》意思也是好的。满城的菊花与金碧辉煌的皇宫，却怎么也掩盖不了悲伤的故事，而故事里没有赢家。

同时，我一直很怀疑王宝钏是怎么苦守寒窑的，现在的人不需要挑水、打柴、种地，但抽水马桶、冷热水龙头、换保险丝，就连找电工来换顶灯，一个女人自己做也危险不是？在古代一个女子该如何度日呢。即使她能操持起一个家，并不受到外人的欺凌，又该如何独自挨过漫漫长夜呢？

《诗经》说：

"自伯之东，首如飞蓬。

岂无膏沐？谁适为容！"

自从夫君走后，头发乱如枯草。难道是没有香脂香膏这些化妆品吗？只是打扮给谁看呢？女为悦己者容，一个人打扮又无人欣赏，还有什么意思呢？在一个又一个漫长的黑夜里，幸福的人家各自幸福着，不幸的人儿只是独守着自己的不幸，与那红烛一起相依为命，涕零如雨，互慰心碎。

还是回到词上。子规，杜鹃鸟的别名，传说为蜀帝杜宇的魂魄所化。常夜鸣，声音凄切，有悲苦之情，如"望帝春心托杜鹃""子规啼血"之语。花落凄迷，子规苦啼，一个个不眠之夜是如此难熬，残梦难圆，远人难归。

自然，现在的女子是不屑于此的，既然你走了，谁知道你到底什么时候回来，也许再也不会回来了，那我要珍惜我余下的时光，我要迅速地找到自己的幸福。

人人都是精明而世俗的，尊重客观，冷静沉着，即使遭遇了婚姻变故，也不过哭天抢地几日，之后洗脸重新上妆，继续前行。

所以，当前几年网上出现姜岩和王非的帖子时，一个美好、智慧、独立的女主人公会为了男人的背叛而纵身一跃时，旁观者都感到了震撼。在这个世界上，因为破产而死的人很多，因为背叛而跳楼的人却很少了。人们都那么精明，无论怎么受伤，都能迅速复原，真让人感到进化的力量。而这位专业法语的女白领，在倒贴了小丈夫之后，在她如此年轻的时候，从那么高的楼上一跃而下。她赢得了无数陌生人的眼泪，竟然并没有赢得负心人的一点点追悔之心。那个王非，在被迫从盛世长城辞职后，据说仍然回到了在全球广告业最好的奥美，在奥美几乎最好的分支机构里，据说默默地升了一级。这些都是来自广告圈内的小道消息，我可不是圣母，也没有否认男主人公才华和升值的偏执。对于广告圈被贴的"混乱"、"开放"的诸多标签，也没有充当道德教师的兴趣。甚至，我知道对于一个失败的婚姻，男方另开枝桠，自然女主人也是有不可推卸的责任的。然而，即使我知道这些都是如此的正常，这样一个外观清秀、颇有几分性格与才华的男人，能如此绝情到妻子死后与小三逛街，与媒体打官司，向死者泼脏水，大家怎么围观，只能看出满身的"恨"字，看不出一点点负罪感来——这还是让旁观人伤透了心。

连汤镇业都能因翁美玲之死而愧疚终身并成为一个显老态的、大腹便便的男人，并永远不被世人原谅，可如今一个普通人还是能从容应对世人的指责，真是让我再一次感叹人类进化之优异。

而我，有一次夏天的时候去首都博物院的国宝展览溜达，一边在昏暗

《菩萨蛮》：天长地久是很玄的东西

21

的灯光里看着那些稀世珍宝，一边做着国宝归我的白日梦。这时，一个长发瘦削的年轻潮男从我身边一闪而过，我的心一惊，太像那位王姓男主人公了，立即全身一阵寒战，我知道那不只是因为博物院一向阴森而空调实在太冷的缘故。

　　大概现在看了这些话，男人们也会感慨：那种贞洁烈妇如今是很难见到了。如今何止是相隔万水千山，男人们背负着房子、职位和票子如履薄冰，一旦他们的脚步有些踉跄，他们就要承担社会和妻子共同的抛弃。

　　男人和女人进化到我们现在这样，也真是不容易。

《更漏子》：中国式悲剧爱情

《更漏子·玉炉香》·温庭筠

玉炉香，红蜡泪，偏照画堂秋思。眉翠薄，鬓云残，夜长衾枕寒。

梧桐树，三更雨，不道离情正苦。一叶叶，一声声，空阶滴到明。

看到这首词，心里突然想到"春风桃李花开日，秋雨梧桐叶落时"。立即想作今昔之感叹。

人们对这首词评价之高，已成定论。李冰若《栩庄漫记》曰："飞卿此词，自是集中之冠。"上片浓丽，下片疏淡。浓丽终究不及疏淡。语弥淡，情弥苦。又有跟此类似的李清照《声声慢》："梧桐更兼细雨，到黄昏、点点滴滴。这次第，怎一个愁字了得？"这是典型的李清照的气质，对她来讲是平常语。

而温庭筠忽作淡语，化繁为简，直言寻常事物而有不尽之意于言外，真让人喜出望外。就像人们看到一个天天浓妆艳抹的姑娘，突然有一天淡敷脂粉，穿了一身素白的衣裙。一般而言，在人们的眼中，这丝毫无损她的美，反而更添了说不出的清纯味道，大概"要想俏，女穿孝"就是迎合了这种心理。大概传说慈禧太后喜欢栗香窝窝头，是一样的意思。

其实这首词的前半部分没有什么新意。玉炉香、红蜡泪，已经是平凡的事物了。有含恨之意，也无甚稀罕。温庭筠喜欢写华屋陈设，金碧辉煌之语我们见多了，顿顿鸡鸭鱼肉，很快就有些腻了。而"眉翠薄，鬓云残，夜长衾枕寒"，亦是依红偎翠之类的旧语而已。这些都只将环境、人物平白道来，还是有那么一个深夜，一间华屋，一个美人，如是而已。

而温君笔锋一转，目光由室内转向室外，三更仍然在下的雨，打在梧桐树上，在诉说不尽的离情。

梧桐在我国是一种神奇的树。在古典诗词中它是如此常见，以至于我一直以为它是一种寻常树木。我曾经将在黄河流域常见的泡桐、上海很常见的法国梧桐都误以为是梧桐。过了好多年，当我终于看到高大、古朴的梧桐时，发现把之前那些树和它混为一谈是多么可笑的事。

泡桐是如此的速生，春日扬起满树淡紫色的花，而梧桐不会有那么肤浅秾艳，"苍苍梧桐，悠悠古风，叶若碧云，伟仪出众"。另外，法国梧桐斑驳的树干，太过舶来的气质，还是更适合小资小调的复旦、法租界，还是被陈丹燕写一写比较好，不可能担当引得凤凰来的神圣重任。

中国梧桐高大挺拔，又有一种古朴的含蓄的美。《诗经》里有很多有关梧桐的记载："凤凰鸣矣，于彼高岗。梧桐生矣，于彼朝阳。"而凤凰是多么有原则的鸟，《庄子秋水》有句："夫鹓鶵发于南海，而飞于北海，非梧桐不止。非竹实不食，非醴泉不饮。"鹓鶵即凤凰之类的神鸟。有意思的是，梧桐树在翻译成英文时是"phoenix tree"，而《哈利波特》里霍格沃茨学校校长阿不思·邓布利多的那只凤凰名为"福克斯"，它永远不死，伏地魔和哈利的魔杖都来自它的羽毛，甚至无法互相攻击。这种神鸟与梧桐都有如此大的关系，为挺拔、叶茂的梧桐增添了神秘的气质。

中国古代传说梧是雄树，桐是雌树，梧桐同长同老，同生同死，因此深受人们的青睐，又成了忠贞爱情的象征。婆媳大战导致儿子儿媳双双自杀的《孔雀东南飞》篇末有句："东西植松柏，左右种梧桐。枝枝相覆盖，叶叶相交通"，来作为一对情死者菲薄的祭品。枝叶相交的梧桐树叶是这对可思念就是这样一种很玄的东西。人们对于失去的东西永远有种无法释怀的占有欲，虽然送到你面前，你却未必喜欢。

玉炉香，红蜡泪，偏照画堂秋思。

眉翠薄，鬓云残，夜长衾枕寒。

梧桐树，三更雨，不道离情正苦。

一叶叶，一声声，空阶滴到明。

——《更漏子·玉炉香》·温庭筠

怜鸳鸯精魂的爱的延续，也是活着的人的追悔和慰藉。孟郊也有句："梧桐相待老，鸳鸯会双死。"而词帝李煜将他无边的哀愁写在梧桐树叶上："无言独上西楼，月如钩。寂寞梧桐深院锁清秋。"

最经常承担愁苦的植物有两种：梧桐和芭蕉。想来似乎二者叶子最为阔大，即使是细雨打上，也惊心动魄，本来就因为愁思而夜不能寐的人，听得此惊天动地之声，无限心事被撕扯得千头万绪，也是很自然了。

世人都知道丰子恺爱芭蕉，其实他也爱梧桐，他曾经描绘自己看到的梧桐叶落的光景：

样子真凄惨呢！最初绿色黑暗起来，变成墨绿；后来又由墨绿转成焦黄；北风一起，它们大惊小怪地闹将起来，大大的黄叶子便开始辞枝——起初突然地落脱一两张来，后来成群地飞下一大批来，好像谁从高楼上丢下来的东西，枝头渐渐地虚空了，露出树后面的房屋来，终于只剩下几根枝头，回复了春初的面目。这几天它们空手站在我的窗前，好像曾经娶妻生子而家破人亡的光棍，样子怪可怜的！

南国的冬日，虽不至于像北方一样，所有的树木都成了水墨画，梧桐也自然还是有叶子的。然而，南国的冬日常常有惹人厌烦的雨、千头万绪的烦，是连现在的人都无法容忍的寒意。

我不知道有多少人像我这样讨厌下雨天。只要一见天阴了，心情就莫名其妙的不好。那到处都是的雨，点点滴滴，让人无处可躲，就算你再小心也会弄上水和泥。所有的人都那么狼狈，目光所及之处都是仓皇，即使在夏天，也给人一种悲观厌世的感觉。

下雨的时候，每个人都匆匆地回到自己的小天地里去。尽可能地缩短在外面的时间，而一旦进了自己的小天地，在温暖干燥的室内隔窗观雨，会有一种隔岸观火的快乐。外面的世界随便怎样吧，我不出去，和我也没有

关系。世界都安静了，只有风雨声。心也沉淀了下来，思绪却被扯得很远很远，寻常日子并不会理会的人和事，都仿佛附着雨丝的魂一股脑来了。比如那些忧伤的事情，那些错过、遗憾和不可复得，常常会让人陷入对过去的怀念、对未知的迷茫和对现在的莫名的忧伤。

思念就是这样一种很玄的东西。人们对于失去的东西永远有种无法释怀的占有欲，虽然送到你面前，你却未必喜欢。

《菩萨蛮》：时光让痛彻心扉变作惆怅

《菩萨蛮·凤凰相对盘金缕》·温庭筠

凤凰相对盘金缕，牡丹一夜经微雨。明镜照新妆，鬓轻双脸长。

画楼相望久，栏外垂丝柳。音信不归来，社前双燕回。

记得学历史，先是打仗、天下易主，然后就是暂时的安稳时期，新的政治措施、新的经济发展，每次都要提到人口、城市、瓷器和丝织品。丝织品，想想就是美的。就像姚晨在《非诚勿扰2》里说芒果不吃芒果一样，我因为名字缘故，丝丝喜欢丝丝。刘若英说她偶尔想浪漫的时候也会去买比较女生的那种睡衣，某次因为看电影，看到女主角穿那种丝绸睡衣，自己也跑去买回来，但是睡到半夜就把它脱掉了！因为那种滑滑的感觉让她一直觉得好像有人在摸她……

可这事也不能多想，那么多无辜的蚕宝宝的死亡才带来如此滑腻、冰凉的触感。丝绸是一种有灵性的东西。记得我去南京，跑到云锦博物馆，站在正在施工的"江宁织造"的牌坊处，想起曹雪芹家族的辉煌往事，再进去看那些正在出售的云锦，现代高科技产出的复制品昂贵而乏味。

其实不只是明清，唐朝的丝织品也尤为发达。唐朝陆龟蒙在《纪锦裙》一文中，讲他所见到的一条锦裙，锦裙上面织着几十只飞鹤，每只都是

折着一条腿，口中衔着花枝。另有一只华丽的鹦鹉、花卉。鲜花着锦，这词真好，真是有贵妃省亲、鲜衣怒马和烈火烹油之感。

值得一提的是，墨绣就是在唐朝这个时候开始的。墨绣，即发绣，是用头发绣制的绣品，即利用人头发的颜色，使用各种针法绣成。因为头发本身具有光泽、柔、滑，绣成的作品坚韧光滑，色泽经久不褪，易于保存。我每次听到 "墨绣" 这个名字就觉得诡异。人的头发是很难消失的东西，楼兰古尸的肌肉、骨架上，长发依然蓬松，不管墨绣的拥护者说这种绣法多么像白描绘画、多么自然和与众不同，一想到这线条全都来自不知道何时何地人的头发，也不知这主人什么命运、性格，甚至是否还在世上，胆小的我就立即感到毛骨悚然，认为墨绣没有任何美感。

当然，唐朝有各种各样有美感的丝绸。绫罗绸缎各不相同，以白居易咏《缭绫》诗为例：

缭绫缭绫何所似？不似罗绡与纨绮。

应似天台山上月明前，四十五尺瀑布泉。

中有文章又奇绝，地铺白烟花簇雪。

织者何人衣者谁？越溪寒女汉宫姬。

去年中使宣口敕，天上取样人间织。

织为云外秋雁行，染作江南春水色。

广裁衫袖长制裙，金斗熨波刀剪纹。

异彩奇纹相隐映，转侧看花花不定。

昭阳舞人恩正深，春衣一对直千金。

汗沾粉污不再着，曳土踏泥无惜心。

缭绫织成费功绩，莫比平常缯与帛。

丝细缫多女手疼，扎扎千声不盈尺。

昭阳殿里歌舞人，若见织时应也惜。

虽然此诗说教意味较浓，也算不得白诗的上品，却将丝织品的颜色、手工技艺描绘得丝丝入扣。"织为云外秋雁行"是怎样的一种惟妙惟肖？"江南春水色"是怎样的颜色？而这样的丝织品背后是缫丝、刺绣的女工怎样夜以继日的工作，而这些有谁体会得到？

就像张曼玉在《甜蜜蜜》中饰演的按摩女、《苹果》里范冰冰饰演的洗脚女，经过长期的劳动，她们的手一定是又酸又痛吧。缫丝据说是没日没夜赶完为止，想想看，站在沸水旁边，不停地搅，不停地抽丝，蚕蛹被烫死的味道和没有声音的尖叫，真正是地狱。

我还看到过一个学校组织课外实践活动后小学生们写的总结稿："这就是我们可敬可爱的蚕宝宝，她的全身都是宝，吐出的丝可以织成漂亮的衣服让人们穿，而自己的蛹又是营养价值很高的蛋白质让人们吃，而自己的大便有治湿、疗瘙痒、去火、祛风湿、聪耳明目之功效……"闻之有剥皮之感，其教育方式之"脑残"，耸人听闻。

这样想来，丝绸是邪恶的。难道就是因为这个原因，那么多的古典美人穿着这么精美的丝绸，却遭遇到不幸？如果不幸福，这些美丽还有什么意思？

可是穷苦也不见得幸福。那些平凡人家的女儿，并不会因为穷苦就会安稳生活一辈子，不经受生离死别。那么，如果同样是不幸福，那住在金屋穿着复杂的金线绣成的凤凰的美人，也许比女工好？也就是马诺所说的"宁可在宝马车里哭，也不在自行车上笑"？

同时，这首词将凤凰与牡丹相联系，让我想起凤穿牡丹、东北被面。凤穿牡丹那巧夺天工的绣法到底是否失传，没人能说得清，而东北被面我一直以为是美的，以至于《小团圆》的封面设计用上了这种图案，我高兴了好几天。

看吧，这两种艳丽的事物结合在一起，是祥瑞、美好、富贵的象征。唐代的牡丹可有着至高无上的待遇。据一个喜欢神秘事物的、研究方向为先秦文学的女人说，一个兴盛的朝代总是开放的，盛行大朵的花、丰腴的身材

和大脸这种积极乐观的元素，而若流行瘦削之美则往往离改朝换代不远了。然后她对目前范冰冰和杨颖（Angela Baby）真真假假的小脸不屑一顾，发出"国将不国"的杞人之叹。

没去过洛阳，但我是见过洛阳牡丹的，一张张光碟、一张张照片，似乎周围的人都被国色俘虏过。牡丹开花颇有点晚，每次去公园，不是因访春而去早了，就是因闲逛而去迟了，总之，我见过无数的洛阳牡丹的光影和公园里未发或有惨败感的牡丹，常常还有一个亭子，名字永远叫"牡丹亭"。即使风景都没什么看头，当我走了半天，见了有这么一个销魂名字的亭子，去里面歇一歇，倚着栏杆看四周低矮牡丹的绿叶子，神思也有些恍惚，不知道是不是在做梦。

又很容易想起聊斋里的花仙来。记得小时候，看那些花仙、狐狸精、女鬼与凡人结合，肉眼凡胎的男人听信谗言，用了什么灯半夜去照、用雄黄酒去骗、念经、贴符咒之类的勾当，照得了妇人的原形，那妇人便只得含泪离去。这里头，我觉得花仙最好看最无辜，而花仙中，我以为牡丹花仙是最美的，虽然小时候的我就开始不明白她怎么就看中了这么一个普通的男人。总之，结尾常常是妖狐仙鬼们与孩子、丈夫含泪告别，并渐渐升空，终于消失不见。那时候我当然还不懂什么"至高至明日月，至亲至疏夫妻"之类的鬼话，依然能感觉到幼小的心被一种巨大的愤怒和遗憾占据，眼泪就会哗啦啦流下来。

不过微雨不是背叛，牡丹能堪当国色，也是可以经历微雨的。微雨之于牡丹，无损根本，只是带泪的美娇娘，虽有损肌体，终无大碍，更添风韵而已。像一种并非痛彻心扉的思念，淡淡的，怅然若失，也许是从未刻骨铭心，也许是时间将刻骨铭心风化成了惆怅。总之，那是一种煎熬、缓慢、悠长、平静、不甘、内心的挣扎，外人未必看得出来。

聚少离多。人们总会习惯离别的。饭还是照样要吃，衣还是照样要穿，觉还是照样要睡，水也一定要喝，春夏秋冬的轮转和雨雪阴晴的更替还是照旧——任何人都只是这个世界上并不重要的一个微小的尘埃，离开了另一个人，或者无论发生什么，地球照转，太阳照升。因此妆也照上。

　　明艳的新妆映在冰冷的镜中，镜中人瘦削，云鬓乌黑，新梳起的耳边发像蝉翼般轻薄，而美人心思全无。"蝉鬓"一词，《古今注》里说："魏文帝宫人莫琼树乃制蝉鬓，望之缥缈如蝉。"本有有轻薄超脱之意，而我只想到美人愁苦，导致原来浓密的头发变得稀疏，似乎也是很自然的事。我想花间词到底是男人故作闺门之语，虽然能得了女儿的愁，可毕竟难于于细微处体谅。发量之减，一两日三五日乃至一年半载外人也看不出端倪，然天长日久，如千里之堤毁于蚁穴，那种轻薄带来的苍凉感，唯有女主角自知。

　　据说民国李冰若说"鬓轻双脸长"中"长"字最可恶，毁了整首词的美好。虽然我也知道与温飞卿"瘦尖下巴"的本意有违，但即使在民国，长脸也受歧视。按现在流行的标准看，本来悲着，"长"字一出，眼泪都要笑出来了。长脸又云马脸、驴脸，最近越发为人所恶，所以喜欢拿着李嘉欣照片指着鼻子告诉整容医生的人多，喜欢她下巴的人可不多，更别说普通人了。

　　这首词的末两句没什么可说的，前半部分可真戏剧化。

《菩萨蛮》：只是当时已惘然

《菩萨蛮·夜来皓月才当午》·温庭筠

夜来皓月才当午，重帘悄悄无人语。深处麝烟长，卧时留薄妆。

当年还自惜，往事那堪忆。花露月明残，锦衾知晓寒。

我总觉得就算某个人再做作，写母亲、初恋、童年的文章也难免流露真情。李冰若《花间集评注·栩庄漫记》里说，《菩萨蛮》十四首中，全首无生硬字句而复饶绮怨者，当推"南园漫地"、"夜来皓月"两阕。余有佳句而无章，非全璧也。叶嘉莹曾由"深处麝烟长"中的"长"字想到王维著名的"墟里上孤烟"之"上"字及更著名的"大漠孤烟直"之"直"字。飞卿词与摩诘诗，虽一浓一淡，一绮艳一闲逸，然而形容烟之形状，简洁有力，用平凡之语而使人读之有意外感，颇有共通之处。这首词，当然也是带着沉重的叹息，更让人想起"人生若只如初见"或者是"此情可待成追忆，只是当时已惘然"。

不管这首词的写作时间为何，难免让人想起有关鱼玄机和温庭筠的故事。

当时，她是十二三岁不谙世事的少女鱼幼薇，并没有"鱼玄机"这种怪名字。他是至少年长她30岁的落魄才子。关于他的德行，口碑一向不佳。她聪明灵慧，小有诗名，时常帮着歌姬做些活计为生，他因她的小有名气曾穿过烟花柳巷，一路寻访才找到她所在的贫苦的人家。两人师友唱和，却并未成就良缘。有人说鱼玄机死后，飞卿尤致哀悼，屡作诗以达哀思。考其时间，温庭筠去世在先，此言自然属于虚妄。那么，温庭筠的去世必然给鱼玄机带来沉重的打击。

看这首词，月儿悄悄挪至中天，一层又一层的帘子垂下，此时的人们都沉浸在睡梦之中，没有一点声响。麝香在金兽中吐出袅娜的长烟，睡美人的脸上仍有淡妆。当初也是不谙世事、冰清玉洁的女儿家，往事不堪回首，月朗星稀，花儿悄无声息谢落，锦缎做成的被子无法抵御心里的冷清，如此，又将天亮。

这很像是艳名远播的鱼玄机后期处境的写照，一切外在的繁华都已经落尽，她心底的孤单有谁能知？再热闹再喧嚣，身边的男人再多，不过是风月场上浮云，卸了妆，她永远是一个人罢了。

这首词总让我想起李商隐的《锦瑟》，自从第一次知道，就十分喜欢，被那种莫可名状的悲哀打动，虽然不知道说的是什么，也能体会到那种心恸。后来，因为专业的关系学习了此诗的种种阐释，反而觉得诗人的心更加触摸不到，诗的意思更加朦胧，而那种悲哀更是深深印在心底，每次读都觉得余香满口。

30年的年龄差距，除非处心积虑嫁个有钱人，现代人想都不敢想的。

还记得那些断肠的句子吗：

君生我未生，我生君已老。

君恨我生迟，我恨君生早。

君生我未生，我生君已老。

恨不生同时，日日与君好。

我生君未生，君生我已老。

我离君天涯，君隔我海角。

我生君未生，君生我已老。

化蝶去寻花，夜夜栖芳草。

她应该是小小的心里就对他产生了莫名的欢喜了吧。他那么有名，那么放荡不羁，《北梦琐言》说温庭筠"才思艳丽，工于小赋，每入试，押官韵作赋，凡八叉手而八韵成"。这样的人却来看她，出题考她，赞扬她。

至于他一生的坎坷，只能让她更喜欢他，怜惜他，觉得他与众不同。据宋孙光宪《北梦琐言》卷四载：唐宣宗李忱爱唱《菩萨蛮》词，令狐绹丞相央温庭筠代作若干首，之后令狐绹以自己的名义献给李忱，并希望温庭筠不要声张出去。温庭筠却很快地说出去了，因此令狐绹非常不满，两人从此结下梁子。

一个人得多没有眼色才能干出这事啊？替领导写个发言稿，然后出了门就说那谁谁真没水平，说的那些话都是我写的。最后领导也知道了，他完蛋了。

不过按照女人的观点来看，这样的人真是可爱。能干出这事的男人，什么可爱的事干不出来呢？于是，鱼幼薇和温庭筠纠缠不休了。可他给了她开始，没有给结果。

如果一个美女很有才华又放荡不羁，那她是很容易出名的。失望了的鱼幼薇变成了鱼玄机，一面艳旗。

邵氏二十多年前出品的《唐朝豪放女》就是写鱼玄机从入道门到被处死的经过。初闻此名，以为一定是一部粗制滥造的普通香港三级片而已，而真到看的时候，才发现虽然女主角长相偏男性化，脸有些太过瘦长，整个影片又带着浓重的日本味道，然而女主角既长得标致又神情淡漠，既清高狂傲又风骚放荡，无论是其几乎裸身裹着皮草与浪人相见，还是临刑前的仰天微笑，那种恃才傲物之感，与鱼玄机确实神似。

影片给鱼玄机附加了太多的女权主义色彩。就像现在很多女人喜欢标榜自己是女权主义者一样。然而你真正了解了女权主义是什么东西，就会像女性文学研究者一样，不喜欢"女权"这个名字，更喜欢"性别"、"两性"、"女性"诸如此类的中性词。"女权"看上去总是耸人听闻的，明明没有什么力气，非要虚张声势，外强中干，自己声嘶力竭，显得又没底气又没有礼貌。好像一个泼妇，就算她本来是可怜的，但见她早早挽起袖子，往地上啐了一口唾沫，跳起来就叫骂，所有人一下子就反感了。

看这个影片，女人们会明白鱼玄机一直都在寻找某种东西，这种东西甚至不是男人的真心和宠爱，而是她想要自己可以掌控的生活。我不是男人，无法揣测出那些情色镜头之外，男人们是否能了解她到底想要什么。

从鱼幼薇到鱼玄机，是多么翻天覆地的变化。她再也不是那个相信爱情、对未来充满幻想的小女生了。残酷的现实告诉她，男人是变化多端的生物，即使某一时刻是好的，也无法许她一个将来。即使你长得再美、再有才情，他们再欣赏你、迷恋你，之后，他们也可以随时转身走掉回家，或者去烟花柳巷更深处去迷恋另一个女人。

多情的温飞卿，软弱惧内的李郎，都没法给鱼玄机一个可靠的臂膀。可怜她名动天下，万人倾慕，却无法得到一个圆满的结局。只能处处靠自己。想起来前几日在微薄上狂转的那句话：我要做个思想上的女流氓，生活上的好姑娘，外形上的柔情少女，心理上的变形金刚。

这样又有什么用呢，下场很重要。

鱼玄机如果放到现在至少能成个"鱼爷"、"鱼董"什么的，当戏霸、盖高楼、开工作室、写剧本肯定是样样精通，没事接点高端媒体的采访澄清一下和某高官富商的绯闻，拍戏当间接点护肤品和培训机构的广告什么的，肯定能成为最幸福的女人。可惜了，她生得太早了。

她想要的东西太多了。历史都给不了她，只能愧对了她。而她的心从被赶出李家起，就已经毁了。

我一直在想温飞卿这个怜香惜玉的老男人的心理，他拒绝了一个自己挺喜欢的美少女，又给她以帮助和指点，附加横溢的才华和文人的温存，以至于让她一生都无法释怀。她即使在进了道观后，仍植了三棵柳，取名"温"、"飞"、"卿"——是的，他们师生有别，但她一直叫他"飞卿"。就好像许广平与鲁迅的鸿雁传情，以谈生活谈理想之名，"广平兄"、"害马"、"小刺猬"、"小白象"……乱喊一气，其中自然有

《菩萨蛮》：只是当时已惘然

美，外人只是隔窗子打探，无从得知。

我倒以为万花丛中过的温飞卿是真的动了疼惜的心了，以至于他不但没有接受美少女的好意，反而给她张罗起了好人家。你想，一个人对另一个人的好得到了多大的程度，自己得不到，才会想着去包办她的婚姻呢。我无法和你一起，将别的归宿给你，见到你尘埃落定，也是好的。而且，我参与打造的幸福的你，和我似乎也保持着一种隐秘的联系……

我可不相信鱼幼薇和温庭筠之间只是师生朋友的关系。就好像我不相信这世界上有纯洁的男女关系、朋友关系。两个人结伴出游者有之，诗词唱和者有之，遥寄关切之情者也有之，而鱼玄机字字句句掷地有声的诗词问候，更是距离普通朋友十万八千里。

暧昧，曾被认为是世界上最不可捉摸的东西。像蒙着一层面纱，没有人能看清楚实质，人们爱它恨它。心被撩拨得痒痒的，然而似乎一切都只是猜想，两个人都努力去猜，又时时刻刻怀疑自己的猜测，一会儿看到希望，一会儿又被凉水泼得瓦凉。失望又希望，可进可退，拥有一切又一无所有，患得患失，你进我退，你退我进，几个回合下来，心都累瘦了一圈，可人还乐在其中。

暧昧最大的特色就是没有名分。无论那个人对你是怎样的好，都没有一个明确的态度，只让你猜，让你一个人挣扎。也许你投入了那么久，最后证明不过是独角戏。谁都可以全身而退，没有任何道义上的损伤。精于暧昧的高手，必然是最懂得进退的老油子，油滑体贴，万花丛中过，片叶不沾身。可你若说没有感情，那倒未必，那真真切切的体贴，温柔的眼神和细致入微的关怀，若说不是流于内心，自然会被轻易识破，既然能让对方欲罢不能，自然是流露出了真感情。可这感情只是浅溪，远没有那么深刻，如果你非要让它如波涛、如飞瀑，那获得失望是自然的。于是对于暧昧，有人一语道破：不爱那么多，只爱一点点就是了。

可一个丑陋的才华横溢却不得志的人，是如此轻易得到了一个少女的芳心。也许这种感情生发得太早了，自从那个男人为了她穿过一条条里弄，终于找到她家的小破院子时就开始了。也许从他兴致勃勃地出题，她一丝不苟地回答就开始了。从他第一次夸奖她，对她笑，说不定还抱了抱她亲一亲她沾着皂沫的小脸——他是一个年长她30岁的男人，而她只是个十二三岁的小萝莉啊——就开始了。

……

可什么都行，除了娶她。即使现在，很多年轻的女人讨厌、恐惧婚姻，结婚确实是一个男人对一个女人最好的赞扬。在现有的一夫一妻制度下，婚姻是一个人愿意用自己的终身去占有另一个人终身的真挚请求。

我不知道她是从什么时候起对温郎死了心的，也许一直都没有死心。总之，她带着憧憬和快乐嫁给了他亲手为她挑的李亿。李亿颇有才华，一表人才，新官上任，踌躇满志。两人在长安设别墅，缠绵悱恻，然而不足100天。

大房怒了。于是李亿离开了她。超过100天的时间之后，携一纸休书回来。大房娘家颇有势力，大房是以正当手段捍卫了自己的正当利益。可对于鱼幼薇，确实是灭顶之灾。就好像老虎要吃羊，它们生下来就是敌我悬殊的双方。

后来，据说李亿出资重修了闲宜观——这个名字颇有耐人寻味之处——以备后来幽会之用。可见古代对偷情要求颇高，至少得像李亿弄个幌子或者像贾琏偷娶尤二姨一样置一处院落才好，哪像现在几千块钱就能包一个月的二奶，几个包包、几克金子就能买个娇，连金屋都是租的。

在一个因她而修葺的道观中，她是实质上的主人。她似乎也没有别的办法，只能被动地等那个男人的回来。这让我想起来，王佳芝和易先生最缠绵忘我的时候，她轻轻说了一句"给我一间公寓"，他郑重地答应了她。王佳芝开始无望的等待。

可李亿的力量太弱小了。他根本就不配享有她，又何必空耗着她。终于，他和娇妻去外地上任了，而她从旁人的口中得知了这一切。就好像严歌苓的《金陵十三钗》中那个与众不同的妓女墨秀，用她的美丽和优雅赢得

了单纯的海归博士，处心积虑地拥有他，还是在与大婆的战斗中终于败下阵来。大婆将健康表现得越发不好，却并不追究他外出的去向，一方面又暗自筹划，又给他应了外出在大学教书的机会，而他对墨绣的新鲜感已经有些淡了，对她日复一日的催问也已经有些不耐烦，终于趁着外出教书的机会拍屁股走人了。她心知他这一走便是不会回来了，自己的一切努力都是白费，自己年龄渐长，这次千载难逢的从良之机，是永远失去了。

我觉得墨秀还好说，什么没见过，心理素质还算强大。她始终是清醒的，虽然中间有了承诺，最后不过是回复到以往糟糕的状况。而鱼玄机却不同，她已经为了他变成了鱼玄机，开始了唯一的道路——等待，而他竟然背叛了她。就好像张雨绮竟然是和我们这些看客同时知道了汪小菲和大S在一起的消息一样，和蔡依林被媒体告知周杰伦和侯佩岑在一起之后才知道自己失恋了一样，这样的打击实在是比公开的抛弃更可怕。

于是这样的诗句就出现了：

易求无价宝，难得有情郎。

"鱼玄机诗文赐教"简直是句勇夺戛纳广告节金奖的广告语。此旗一打，一堆蜜蜂和苍蝇都嗡嗡来了。

在电影《唐朝豪放女》中，鱼玄机的道观生活活色生香。"在这里，男人可以玩女人，女人也可以玩男人。"她一方面收留无家可归的妇孺，一方面与文人富户诗酒风流，有姿色的，有才情的，不妨大家就欢乐一场，看不中眼的，不妨就打将出去。在这里，她是主人，是一切的主宰。

谁也不知道她是否真如她笑得那样快乐，总之日子就这样过去了。

直到有一天，她败给了一个小丫鬟。这个小丫鬟没她美，没她聪明，也没她有风情和才气。可只有一点——这个小丫鬟更年轻。

就像武则天不至于输给上官婉儿一样，即使后者再以聪敏著称，也不可能是武则天这朵空前绝后的女皇的对手。二者根本不是一个重量级，因此根本没有产生嫉妒的土壤。可当上官婉儿对着张易之兄弟笑时，她和他们一样年轻，声音一样婉转，而她的脸是如此光滑，那是一种遮掩不住的青春，发出耀眼的光芒。在这种无从战胜的自然力面前，一切优雅、智慧、才情都很弱。

于是衰老的武则天随手就扔了一个碗盅过去了。于是只是有了微微细纹的鱼玄机就起了杀机。

绿翘，真是个好名字，比《七剑》里的高丽女人绿珠俏皮，比被石崇宠爱的侍女绿珠更有趣。她是鱼玄机一手调教出的，也许两人有些同性情谊也未可知。不管怎样，她背叛了鱼玄机，而唯一的砝码就是年轻。

人们说女人的黄金恋爱年龄是18岁至28岁，而当一个女人处于26岁至29岁这段年龄时，心是很敏感的。这个年龄，胶原蛋白一点点流逝，第一次感受到心力不如前，看到第一道细纹浮现在内眼角下方，甚至连近视的程度都不会再增加了。这是个重要的过渡阶段，女人们渐渐想明白了一些问题，对自己有了些认识。同时，这时的卵子质量最高，身体机能最好，是最适合生孩子的年龄。按照人类的进化，我们现代人发育得较好，寿命也大大延长，尚且面对30岁有惊弓之鸟之感，而鱼玄机在小三十的时候，被刺激后爆发一下大概是可以理解的。

我想她是不想活了，对一切感到厌倦了。

让一切都结束在她还没来得及老去的时候，死总是能解决一切难题的。

《菩萨蛮》：女间谍的下场

《菩萨蛮·竹风轻动庭除冷》·温庭筠

> 竹风轻动庭除冷，珠帘月上玲珑影。山枕隐浓妆，绿檀金凤凰。两蛾愁黛浅，故国吴宫远。春恨正关情，画楼残点声。

沉鱼落雁，闭月羞花，中学语文考试考过这道文学常识题。我把沉鱼安到了杨玉环身上，结果答案出来竟是西施，于是终身难忘。

西施，四大美人之首，本是村姑，父亲砍柴，母亲浣纱。她于某日像往常一样帮母亲浣纱时，被前来寻访美女的范蠡看中，送给吴王夫差，深得夫差宠幸，终使勾践灭吴。想历史上的有倾国之色的美人何其多也，妹喜、妲己、褒姒、夏姬、杨贵妃等皆遭遇国灭或叛乱，理所当然被扣上红颜祸水、美色亡国的大帽子，分担了那亡国之君的大罪名。然而似乎西施在被骂的同时也被人们以"舍身救国"之名高度赞扬。

我是真的不明白，歌颂这位卓越的女间谍什么呢？"舍身救国"、"以身报国"之类的名头可真好听，书生手无缚鸡之力，女子更甚于书生，于是女子便用了自己唯一的财富——身体，来代替男子完成使命？想想历史上那些女间谍——而哪个朝代又足够文明到没有女间谍？——她们的美竟然成了她们的罪和命运，被男人们摆放到计谋深处，成了一个小小的棋子。

我有个同学的毕业论文做的是现代文学中那些女间谍的研究，一边是美女这种最美好和柔弱的存在，一边是政治这种最复杂最肮脏的事物，一美一丑，一柔一刚，竟然有了一个如此紧密的结合，而这个结合的核心竟然是女人的身体！

女人的身体，从女娲造人开始就有的魔力所在，一切圣人或卑鄙者的生命源泉，竟然就这样轻易地被置于祭台之上，以国家的名义毁掉。

牺牲就是这个意思。牛羊以献天的名义被杀掉，就连在《圣经》中上帝也对奉献谷物的该隐没有什么兴趣，更青睐于该隐的弟弟亚伯奉献给他的牛羊。人们似乎已经习以为常了，牺牲嘛，总要有人做出的，或者牛羊，或者奴隶、宫娥、妃子……只要不是金字塔顶那几个终极利益者就好了。

谁让你这么美呢，正好去施行美人计。就像十几岁的时候看张爱玲的《色戒》，心里想真是奇怪啊，等李安翻拍的消息传来，也很奇怪一向大气细腻的他为何会选这种本来只算张爱玲二流的并不著名的中篇。等到去看了电影，才发现李安果然是最好的华人导演——没有"之一"。他能理解男女双方的立场，不偏倚任何一方，调子不乐观也不沮丧，分寸把握得恰到好处，镜头就算直白了，感情还含蓄着。

对于《色戒》引发的有关床戏和汉奸的争论实在是没有什么可讲的必要，电影本身已经表现了如此冷静公允的立场，我相信即使过很多年也不会过时，这和张爱玲一贯的态度是相通的，甚至，我认为比原本的小说更丰富。在李安之前，原著并非她十分著名的作品，因为胡兰成的关系，似乎她也不方便写得太多，因此实在是太简陋了。作为一个导演，能选择出这样一部彻底而隐晦的电影，实在是让人感到骄傲的事。

王佳芝是一个有些姿色的向往革命的女学生，于是她就被选中了。也就是从这一刻起，她和她的女性朋友之间就有了不可逾越的鸿沟。一个外向、有着平凡容貌的女子和一个有文艺气质的内向女子，本来在"革命"的旗帜下成了暂时的朋友，但很快，她们会同时发现，她们有多么不同。

祭品该高兴啊，为国做事多光荣啊，在"革命"这个伟大、崇高的话题之下，个人的贞洁和感情算什么呢，那也太小布尔乔亚了。于是就便宜了

那个某某了，谁让他有过嫖妓经历呢？王佳芝这个纯洁的羔羊被白白送出去了，而且从此改变了人生，一条路走到黑。她在这个过程中很快失去了一切美好，一无所有。

革命，永远是可怕的事情。因为它让所有人疯狂。

身为女间谍能取得成功的概率有多大？我一点也不看好她们。可西施就成功了，夫差见到了她，被迷得稀里哗啦，为她建造了馆娃宫，终日寻欢作乐。其实我们发现，所有人的寻欢作乐总是没有新意的相似，建宫造殿，酒池肉林，歌舞升平，滥杀无辜……

能灭越的夫差肯定是特别喜欢她吧，沉迷美色，终日欢乐，又听信谗言杀了伍子胥，而同时勾践时时刻刻掌握吴国的动向，卧薪尝胆，一举灭吴。于是，人人称颂，彪炳史册。

可棋子就是棋子，走完了这一局，没有人关心她的死活。就像人们钓鱼时不会关心被穿透的蚯蚓，人们吃螃蟹时不会关心被绑得结结实实、放在锅里盖子翻过来的螃蟹。西施是如何度过吴宫中漫长的岁月的，没有人可以感同身受，也没有人能够替代。也许她一直记得自己的故乡，只想浣纱嫁个董永之类的老实人平平静静过完一生，根本就不想去吴宫曲意奉承，当什么妃子。那虽然锦衣玉食、一人之下万人之上的专宠，也终究是强颜欢笑，又有什么快乐可言呢？如果她爱着范蠡，那更是痛上加痛了。再如果她在吴宫漫长的岁月中，被夫差感动，那她一定生活在无言的痛苦中。是的，谁知道她就不会喜欢夫差呢？那也是个英雄啊，如果公平竞争，勾践未必是他的对手，可他竟然眼里只有她，没有天下。

我一直觉得这种因为专宠某个美女而亡国的君王是可爱的君王，虽然也许那只是我们对历史了解的人浅薄。1936年曾经震惊整个世界的新闻之一是爱德华为了美人抛弃江山，引得多少多情人赞叹。后来被爆出国内政治压力以及法西斯势力和他有千丝万缕的关系。

那英雄西施最后何所在？有四种说法：一、故乡隐逸；二、与范蠡泛舟隐逸；三、被勾践鸱夷沉湖；四、被吴人所杀。

第一种可能性极小。很难想象过了这么多年，名动天下、经历了一切变故的西施能从容回到故里，当作一切都没有发生，继续多年前的浣纱生活。而她掌握了如此多的国家机密，即使是身处我们这个时代也会被保护起来，或者勒令消失吧。那她应该是死的可能性最大了。被吴人杀死倒也理所当然，但被自己人杀死又作何讲呢？更何况又有人说她竟然是因以"不能伴寝"的"抗君之罪"被勾践处死的。

狡兔死走狗烹，这向来就是统治者的常态啊。那一代美人，没有死于敌国之手，用尊严和身体换回国家的胜利，竟被自己的族人认作耻辱和多余，因此被装于马皮袋子沉江。

《梦江南》：剩女的出路

《梦江南·梳洗罢》·温庭筠

梳洗罢，独倚望江楼。过尽千帆皆不是，斜晖脉脉水悠悠，肠断白苹洲。

在很多城市，那种姿色不错、学校不错、年龄不尴不尬、能谈谈张爱玲和《红楼梦》、能谈谈知识经济、能谈谈格莱美的女子可真不少，最后不知道为什么就默默地剩下了。据说，权威人士达成一致：28岁以上的未婚女性被归入"剩女"的队伍。

一朵花开的时间是有数的，等花开得差不多的时候，它自然会产生焦虑感。不是因为世界上没有蜜蜂，而是"嗡嗡嗡"中没有她合适的那一只。倘若她随便找个马蜂、细腰蜂什么的来授授粉，倒也不是不行，有的花儿等得不耐烦了，就这么干了；但有的花宁愿等死都不妥协。她们就这么剩下了。

此词也属于温庭筠作品中比较淡雅的一首。我们似乎见到了一个精心打扮的精致美人独自在高楼上等待的样子。从太阳初升到夕阳西下，她望酸了眼睛，疲惫了双腿，所有来往的都是无关的过客，此情此景，如何不让人断肠！

想那望江楼，高处不胜寒，又有水波，风一定是很大的，她的裙裾一定被夸张地吹起，金钗摇摆，发丝凌乱，一天如此下来，受风寒简直是一定的，而她顾不上这些，几乎悲痛欲绝。

盲目的等待可不是什么有趣的事情。等到花儿也谢了，伤身伤心。人们一般都恨迟到的人，然而迟到总比不到好。谁知道那朝思暮想的船，到底是因为途遇风暴耽搁了行程，还是干脆就不走这条道了呢？

第一次听《北京一夜》，就被那么凄凉的词打动："走到地安门外，没有人不动真情""人说百花地深处，住着老情人，缝着绣花鞋""人说地安门里面，有位老妇人，犹在痴痴等""人说北方的狼族，会在寒风起，站在城门外，穿着腐朽的铁衣，呼唤城门开，眼中含着泪"……"百花深处"令人浮想联翩，其实是西四护国寺附近的一条胡同的名字，至今当我去后海附近的地安门溜达，看到"百花深处"那香艳的名字，总是有种恍如隔世的感觉。

望夫石是很多神话传说中都有的，更有些景区，给一些突兀的石头刻上类似的名字，导游讲些莫名其妙的老套故事。我却常常怀疑等待的意义。非要这么忠贞吗？按照现在的法律，一定年数以上的失踪人口就可以报请有关部门按死亡处理，倒是很人性化的。以前音信全无，人们莫非就应该死等一辈子？活该女性就是被动的、需要坚贞的一个？怎么没见哪个男人为了情人而变成望妻石？男人就不要个贞节牌坊？

《等待戈多》是贝克特的名作。初看会让人觉得很奇怪，怎么会有人愿意日复一日、年复一年无谓地等待。今天，戈多有什么事情，没有来。明天也许就会来的。明天戈多也没有来，后天一定会来的。就这样，一年又一年过去了，戈多从来没有出现过。而那么多的人仍然在等待。

这些人可一点都不傻。我们都在等待着自己的戈多，而终身也不会有幸见他一面。

如果那个望江楼上的女子等的是戈多呢？她将成为楼上的一座望夫石，让人们赞叹一两句，或者题首诗，她自己的痛苦可没人知道。

遇到的帆总是错误。有这么一句话，谁没有在年轻的时候爱上个把人渣，谁没轻易犯过傻。又有一种说法，无论对于男女，真爱都只有一次。往往都用了太多的力气，燃烧了太多的热量，此次不成就心如槁木。逢春不是

全然不可能，只是很难。

我并不相信这样的话，我相信每个人的能量是不同的，就像每个人天性不同，对事物寄予的希望不同，对世界索要的多少也不同。有的人吃精美的食物就会快乐，有的人穿华服就会感到幸福，有的人喜欢忙碌而被人重视的生活，有的人盼望身居高位，而有的人需要热烈的爱情，得不到就永不妥协。

就像等候属于她的船的那个姑娘，她见到了一千只帆船，未必不如她期盼的那只好，未必没有一只龙舟请她登上，一同浪迹天涯，可她并不愿意跟了它们去，只是一直等下去。我们大多数人，只是觉得船还可以就定下了。可一个人总不能身在两只船上，于是竟然有那么多人一辈子也没有和爱的人在一起。没有属于自己的真正的爱情。这样的一辈子，也可以相敬如宾，也可以嬉笑打骂，也可以你侬我侬，也可以幸福地一起互相搀扶，经历风雨，照顾一家人直到死亡。这样的一生当然是好的，有亲情，也有爱情，然而当她临死的时候，她对于配偶和子女都无愧于心，她从来也不曾后悔，只是有一点点遗憾。

我曾经很奇怪《廊桥遗梦》初到中国几年内为何会持久受到如此追捧。人们热烈地议论着这部当时我认为是节奏缓慢、做作、不痛不痒的片子，其激动程度令十几岁的我惊讶不已。而现在十多年过去了，我觉得这部片子实在是太切合中国人的心理了，我完全能理解那位主妇的决定和一生的遗憾。它是那么真实地讲述一个贤妻良母如何偶遇了一个完美的情人，又是如何陷入抉择的痛苦，最后终于亲手埋葬了这段美好的感情，并继续做贤妻良母直到死亡。

如果婚姻能这样结束，直到死亡，应该是很幸福的事了吧。无愧于一切人，除了她的一点真心。

于是我们也会被那些敢爱敢恨的女子吸引，她们能为了爱抛弃自己，包括别人。你可以说她们太自私，可她们就是不愿意委屈自己的感情，她们活得就是图一个畅快，不管这畅快会被人非议成什么样，要付出多少代价。

这很容易就让人想起了《欲望都市》，女主人公的年龄设置在30岁至50岁之间，地点设置在纽约，讲述四个事业有成的剩女的故事。这是我认为最有教育意义的女性电视剧之一，它详细描述了不同性格的女性面对"剩"的态度和行为，展示了资深剩女的力量，探讨了她们的归宿。一年年地跟下来，你会和四位女主角产生感情，会欣赏她们身上那些迥异的美好，会为她们担心和祈福。她们在为自己事业打拼的同时，对爱情的追逐从未放弃，每个人都向往着美好，每个人都历尽千帆。一个又一个的男人像浮云一样从她们身边飘过，有的暂作停留，有的还下了一点小雨，有的则是电闪雷鸣的雷阵雨，可无一例外都消失了。她们每个人都那么勇敢和优秀，同时又那么可爱和脆弱，连缺点都那么容易被理解。她们四个是多好的人啊，她们不断地与好或不好的男人擦肩而过，衣服都擦破了，一直走在单身的路上，美艳又优雅。

　　铁凝算女作家中很美的，在很长一段时间内，她一直未婚。去看冰心的时候，冰心对她说，你不要找，要等。最后，五十岁的铁凝果然等到了属于她的那一个如意郎君，也算是了却了一件心事。而《欲望都市》到了最后一季，四位剩女还是找到了各自的情感归宿。她们无一例外回归家庭。你看，在探讨了一切可能性之后，历尽千帆了，美国人的大团圆的结局还是出现了。

　　除了大团圆，你能给出什么好出路？

　　是因为犯了很多错误，所以才会渐渐明白自己想要的是什么吧。就好像人家说，谈了失败的恋爱之后才会收获美好的感情。

　　可现实生活中的女人未必有那么幸运。我身边的剩女可不少。同等条件的男的似乎都成了稀世珍宝。不是说现如今女性的人数比男性大大的少吗，为什么大街上那些略微好的男人都已成家或感情稳定了呢？

　　在剩女已经日益成为一种社会现象的时候，剩下的女性在长时期的一个人的生活中越来越独立，越来越注重自己的感受，不断进步，使自己越来越强大，而与此同时，男人在长期的一个人的生活中变得越来越自以为是，

缺乏容忍另一个人的宽容。两者相遇，各自以自我为中心，不愿意去屈就对方，竟然造成了如今男女之间一种莫名其妙的敌对关系。不管怎样，两性对幸福的追求总是相同的，但为什么女性总要被贴上弱者的标签，总是处于被动的地位呢。

据说《ELLE世界时装之苑》的主编晓雪屡次想做一期"男人们，你们为什么不结婚"的专题，可到最后，做出来的还是剩女专题。

剩女，全球危机。

《南歌子》：一见钟情始乱终弃

《南歌子·手里金鹦鹉》·温庭筠

手里金鹦鹉，胸前绣凤凰。偷眼暗形相，不如从嫁与，作鸳鸯。

这首词近乎民歌。让人想起另一首词来：

春日游，杏花吹满头。陌上谁家少年，足风流，妾拟将身嫁与，一生休。纵被无情弃，不能羞。

这两首词，一首来自温庭筠，一首来自韦庄。对照来看，颇有些趣味。前一首写一位华服少年的美，引得少女情愫暗生，有比翼双飞之意。女主人公虽未露面，而少女娇羞的模样如在眼前。大概一向喜欢严妆的温庭筠，直白只能到这等地步了。而后一首词中，同样是写一个少女在遇到意中人的心理活动，却有着一种乡下女子的泼辣劲，意思表达得淋漓尽致，誓言斩钉截铁。韦庄的清新与大胆，由此可见一斑。

其实我还想起了现代文学中汪静之一首很著名的小诗《过伊家门外》：

我冒犯了人们的指摘，

一步一回头地瞟我意中人，

我怎样欣慰而胆寒啊。

又有《伊底眼》：

伊底眼是温暖的太阳；

不然，何以伊一望着我，

我受了冻的心就热了呢？

伊底眼是解结的剪刀；

不然，何以伊一瞧着我，

我被镣铐的灵魂就自由了呢？

伊底眼是快乐的钥匙；

不然，何以伊一瞅着我，

我就住在乐园里了呢？

伊底眼变成忧愁的引火线了；

不然，何以伊一盯着我，

我就沉溺在愁海里了呢？

即使是在民国，这些小诗也引起了轰动。冲破父母之命就够难的了，冲破封建礼教可是性命攸关的事。而那个姑娘是怎样的美才让人一眼就又幸福又哀怨了呢？这两首词也是，美少年得有多美，才能让人一眼立即产生了终身托付的想法？

又据好事者考证，温的词是写给同性之爱的。同性之爱，有意思的话题。记得那首歌吗：

终于做了这个决定，

别人怎么说我不理，

只要你也一样的肯定

我愿意天涯海角都随你去

我知道一切不容易

我的心一直温习说服自己

最怕你忽然说要放弃……

两个人克服了外来的重重压力，在彼此之间产生了坚固的同盟，虽然被世界所抛弃，自己的小世界却刚刚建立。惊世骇俗之爱无疑，倒未必是同性之爱。

年轻人能冲破一切阻挠在一起，可并不是一个美好的句号，而只是开始。就像《还珠格格》里灰姑娘终于都嫁给王子了，可画外音说，故事才刚刚开始。可不，一连串的悲剧等着呢：小燕子无子嗣，尔康为国战死……人力无法抗拒的悲剧。

婚姻的另一个大敌是贫穷。贫贱夫妻百事哀，例如鲁迅唯一的爱情小说《伤逝》，就是写两个冲破一切阻力在一起的小知识青年的悲剧结局。

请看这两首词的女主人公。第一个少女看到了身着精致丝织品的美艳少年，愿意托付终身；而第二少女，似乎眼见着爱上的是一个地位与她并不匹配或者不靠谱的风流少年，因为那少年实在太美，让她在瞬间产生了天长地久的高危想法。第二个少女自己显然也预料到了这种危险，然而她心意已决，任谁也无法改变。

多豪迈！我简直见到了那绝色的少年，在华服的映衬下显得摄人心魄。玉树临风，原来是这么好的词，竟然生生被现在的人用坏了。这种绝色让人明

知是火坑也愿意往下跳，大约只有像金城武、费翔、范冰冰或者莫妮卡·贝鲁奇、安吉丽娜·朱莉这种容颜才可比拟。

因为社会价值观和发型、化妆品、衣饰的关系，这个世界上的美女比美男多得多。然而光天化日之下，美男稀少，因此美色也就更好使。一个美少年得到的方便确实比一个美女还要多。这大概可以解释为什么快30岁了还不转型的四姑娘（作为看着她成长的同龄人，我真不愿意这么说她）非得弄点小手术把自己往非主流花样美少男堆里扎。只有美男才有资格昂起头45度角看着天空流泪。人一旦拥有了美，就容易看不清许多东西。

在那个父母之命、媒妁之言的年代，想见一下夫婿的面也是很奢侈的，如果自己亲自相中了一个美男子，怎能不心潮澎湃呢。

可真和那个美男子好了，未必能修成正果。美男子么，是香饽饽，你爱，我也爱，让他去一趟大街买两块饼回来，一眨眼工夫可能就接了一怀抱的水果和鲜花回来。把他天天藏在家里，也难免被贼惦记在心头。美男子大多风流倜傥，这种风情流转到别人身上就糟了。如果私奔之后，美男子后悔了，要回归社会了，大概人们要说浪子回头金不换的，而此时这个少女大概已经成孩子的妈了，只有死路一条了。

《诗经》的《氓》中就有负心人的记载：

三岁为妇，靡室劳矣；

夙兴夜寐，靡有朝矣。

言既遂矣，至于暴矣。

兄弟不知，咥其笑矣。

静言思之，躬自悼矣。

及尔偕老，老使我怨。

淇则有岸，隰则有泮。

总角之宴，言笑晏晏。

信誓旦旦，不思其反。

反是不思，亦已焉哉！

"言既遂矣，至于暴矣"，这话可真实在：一旦到手，立即变了嘴脸。

即使在现在，被抛弃也不是件好受的事，何况在一千多年前的唐朝呢？所以每次看到这种句子，我眼前就会出现这样的场景：鲜衣怒马的绝色少年发出勾魂的微笑，一片片杏花飘落在少年身上，如痴如醉。许多女子就因为这笑沉沦了，她们的命运就像片片杏花一样，白而薄，轻盈地弃了枝头。

《南歌子》：猎艳与招蜂引蝶

《南歌子·似带如丝柳》·温庭筠

似带如丝柳，团酥握雪花。帘卷玉钩斜。九衢尘欲暮，逐香车。

不知道怎的，我看这首词，想起来的是狂蜂滥蝶，任凭人们怎么赞美词中少年的可爱、勇敢、锲而不舍，我偏偏感觉纯属猎艳。

当然这女子也不是羞答答的，她的腰肢如同玉带和柳丝，她的面庞洁白如雪，她的纤纤玉指，用玉钩挽起珠帘，明艳倾泻而出，果然吸引了沿途的异性，他们伴随着夕阳一起奔跑，香车宝马，只留下阵阵风尘。

不过人们都只能猜到故事的开头，始乱终弃的结局那是很多的。真懒得讲。元稹的《莺莺传》，后来改作《西厢记》，其实竟然是个始乱终弃的故事。

风流女子和狂蜂滥蝶本来就是绝配，就像烈火和干柴。古时，每逢春天里一些节日，年轻男女都会外出游园。此时风景如画，春心萌动，有土八看绿豆对上了眼的，就可以"投之以木瓜，报之以琼琚"——看，女的就是不能倒贴，男的送礼就得贵重，就不能惯他们这毛病——开出一朵爱情的小花了。

猎艳是个技术活。看《金瓶梅》的人知道，猎艳得符合好几个条件，那几个条件的集大成者就是西门庆。我认识的一个女人曾感慨道，西门庆的那些妻妾，每一个都是心甘情愿的。可不，虽然人们都说西门庆最喜欢的是李瓶儿，因为李瓶儿有钱，性格柔顺，又白，又会生养，可从来没有人天真到认为帅哥西门庆只喜欢李瓶儿。

一时间我竟然想不出一个对妻子坚贞不渝、永不续弦的男人的名字来，写出"十年生死两茫茫"的苏东坡不是也风流了吗，陆游离婚后也有新老婆啊，柳下惠坐怀不乱有什么可说的，也许那个女人不是他喜欢的类型……也许男人的忠贞都是有定语和保质期的。

对于女子而言，招蜂引蝶也是个技术活。招不到让人身心愉悦的蜜蜂和蝴蝶，招来了辣手摧花的采花大盗也是有的。就好像有人总是觉得妓女是幸福的，号称自己特别想当性工作者，包括某小资必读著名法国女作家，可即使头牌也有惹不起的大人物，赚钱总比花钱辛苦。当然，基本上招蜂引蝶的主动权握在女性的手中，她迎了谁，拒了谁，都看她的手段。

见过一个女生。不是很好的大学和专业来北京考研，考研的时候认识了一个研究生师兄像男友那样愿意为她做一切，把她捧在手心里。她千辛万苦考了研，与每天骑自行车的男友分手，开始迅速脂粉起她本来就好看的脸和身子来，穿最凸显她腰肢的紧身衣，去搭讪隔壁学校的留学生老外，问候每个她中意的男生的父母的工作，去争校晚会的主持，因为入党的投票没有通过，去学校大闹，最后成为班里工作找得最好的一个女生。她的工作是我专业一个非常有名望的教授帮忙介绍的，这个故事引起了全校师生的遐想。

只是一个真实的普通的八卦。没有什么传奇色彩，朴素得让人无语。我是见过她的，她身材火辣，见人打招呼热情奔放，她是很努力的，也获得了自己想要的东西。大概当一个美女愿意用女性的优势去换取些什么时，她是很容易成功的。她开满了花朵，邀请人采摘，于是就有人采摘，况且这花朵本来也不坏。

也是一条可以走的路。歌女从良的路是很坎坷的，能在极为有限的青春里抓住点什么，或者钱或者男人，等到晚了就来不及了，谁能做一辈子卖笑生意呢，鱼玄机半倡半道，在二十多岁时就因为虐杀侍女被处死了，能在

花开正灿的时候从良，也是可喜可贺的大事。白先勇的小说《游园惊梦》里被那个他当作女儿一样疼的女主角不已经很自感幸运了吗，电影《画魂》里的潘玉良多有幸遇到了那个良人啊，即使一个人飘零半生，客死他乡，她也从未后悔跟他走吧。

《花间集》多的是歌姬舞女，温庭筠常卧花眠柳，对她们的生活很熟悉，他总是赋予他的女主人一副痴情等待的样子，是他身为一个男人所希望看到的样子。痴情女自然是有的，不堪入目的自然也很多。遵从现实法则的人是客观的，也没什么对错可言。

在从良不成的时候，不如就调笑吧，露水姻缘也能欢歌一阵子。你情我愿，你勾我搭，一对对鸳鸯就这么成了，等太阳照常升起的时候，各奔东西，老死不相往来，谁还记得谁的名字。

男女之间的追逐是一个古老的课题，直到现在白领们还有费用昂贵的泡妞班可上。男追女是一种古老的姿态，女追男也并不罕见，这其中的你进我退、我退你进、互相前进、各自后退以及互相猜疑、互相美化、试探、暧昧、犹疑、欺骗、付出、保留，演出了多少出好戏，哪一部小说、哪一出连续剧能少得了它们？

这是大自然中雄性动物对雌性动物本能的追逐和雌性动物本能的选择。不具备吸引异性能力的生物注定是要被淘汰出局的，所以雄性喜欢一身艳丽、搔首弄姿、展示强壮，人类进化了一点就是有了语言和钱，无非是我好看、能写漂亮的诗文、能拥有更多的战利品，这种皮毛、姿态、力量的展示其实一点也没有变。

《清平乐》：无处安放的理想

《清平乐·洛阳愁绝》·温庭筠

洛阳愁绝，杨柳花飘雪。终日行人恣攀折，桥下水流呜咽。

上马争劝离觞，南浦莺声断肠。愁煞平原年少，回首挥泪千行。

印象中洛阳是个出帅哥的地方。曹植《名都篇》开门就说："名都多妖女，京洛出少年。"他将一个骑白马的王子的形象生动写出，直到现在都让色女们向往。

春日的洛阳城，大团大团的柳絮疯狂地飞舞，白茫茫一片，铺天盖地，犹如梦幻。正是离别的时候，人的心思如柳絮般纷乱，弥漫着不知方向的疑惑、对命运的畏惧和彷徨。

离开东都去远方，送行的人与他频频举杯，更添"劝君更尽一杯酒，西出阳关无故人"之感。如此，一杯复一杯。

折柳送别，水流呜咽，莺声断肠，都城就此要远离。终于，这来自北方燕赵之地的硬汉，也忍不住频频回首，泪如泉涌。

这首词一改温庭筠一贯的小女儿态，虽写的是春日，到底是北地，颇有慷慨悲壮之感。平原——燕赵地名，让人想起四君子之一的平原君，更让人想起"风萧萧兮易水寒，壮士一去兮不复还"的荆轲，为燕赵之士赢得了

千古英名。此等硬汉，远离家乡，铁肩担道义，轻死生重然诺，此时此刻，面对此情此景，也忍不住泪流满面，这是何等凄凉。

国内城市最容易产生情结的，似乎是北京和上海。很少见到有人在这两个地方生活了一段时间以后能决绝地离开，或者在离开之后回思之时不使用一种遗憾和怀念的口吻。其实，有很多人认为北京气候干燥恶劣，房子又贵，人又挤；也有不少人认为上海到处是小里小气的上海话，人又势利，竞争激烈，压力又大。但似乎这两个地方就是有一种魔力。而京海之争，就像终极对决，发生在两大高手之间，引人围观。这场关于两地孰优孰劣的讨论，从上个世纪沈从文等人开始一直持续到今天。

记得前几年《北京青年报》做了个专题调查："（北京）环境恶劣，生活质量不高，房价又贵（其实现在看，那时候虽然理论上讲已经太高，但比现在的妖魔状态好多了），压力又大，你为什么不愿意离开？"从生意人、白领、学生到民工有着不同的回答，但每一个都那么真诚——那是因为他们或卑微或宏大的梦想。而北京，这座全国最宽容的一线城市（没有"之一"）是他们的梦想之城。

我是亲眼见过离开北京的人有多么的不舍得。他们喜欢把它叫做"帝都"。这个称呼总是让我想起郁达夫《故都的秋》，这个富春江畔出生的文人把北京亲切地叫做"故都"。这里的老北京人端着架子，操着有些太监腔的儿化音，大嗓门，说起政治来仿佛中南海是北海公园，他从小就去划船遛弯。然而真真切切，不失可爱。

很多民国时的人刚来北京都是从前门火车站下车，一看到高耸的前门、不远处的故宫，太过宽阔的马路，一下子整个人都懵了。又有很多人说，他们一听嘎嘣利落的京片子，就为那种拐弯折服了。

我有个朋友毕业后离京回了深圳，总是梦到眼前的这一切都只是实习，实习结束之后她又可以回北京了。而另一个江苏的姑娘，她恨了北京好几年，终于毕业了，回了家又很快地返京，说小地方总是让她想到顾长卫和蒋雯丽的《立春》……

上海等城市又另有自己的好。

在中国，地区差异是如此得令人惊讶。以至于你放弃了一个城市，就是放弃了一种生活。城市是有性格的。

而有关理想的片子总是能直抵你内心最深处，因为共鸣，而使你潸然泪下。就像《立春》中蒋雯丽饰演的那个在小城中唱歌剧的音乐老师，相貌丑陋，为人高傲，和周围的一切格格不入，她的爱情和理想那么纯粹，在现实面前却是那么不堪一击，她一次次踌躇满志地攒钱去北京，在音乐厅外面跟票贩子砍价，等到演出开始后，拿上逼得票贩子给她打折的票然后飞奔进去；去找音乐学院，给负责人当面唱，然而这些都没有改变她的命运。还有那个在小城中跳芭蕾的男人，穿着白色紧身裤的他被人们像看妖怪和流氓一样地审视、嘲笑，津津有味而邪恶地议论着……

有许多这样的故事，讲述个人对抗环境时的无能为力，一个个美好被粉碎，而他们本是应该得到尊重的金子。

只有在正确的环境下，金子才会得到尊重。所以，正确的环境总会引着外乡人奋不顾身地奔来，虽九死犹未悔。记得小时候看《外来妹》，年龄太小，没什么认识，只是为姐妹二人进入都市后不同的表现和遭遇而叹息，同时也并不明白那背后的意思。谁曾想，后来竟有越来越多的人离开了故乡，去外地求学和求生。在一年一度的春运时节，几乎每个人都被牵扯其中，每个人都有自己的悲欢离合，都有属于自己的故事。

都市，有着太多的可能，提供太方便的条件和诱惑。同时，有着自己冰冷的评分法则——优胜劣汰。异乡人不得不如履薄冰，精心算好脚下的每一步，免得一个不留神，跌入深渊。而即使你怎么小心，似乎也没办法抵抗强大的命运，它总是肆无忌惮地玩弄着这些卑微的生灵，给人们或天堂或地狱般的结局。

词中的这位平原少年，是怀着多远大的理想来到洛阳这繁华富贵之乡的呢？这里的街市上人声鼎沸，鸣锣开道的不知道是哪位王侯将相，他也许是有鸿鹄之志，想少年成名，学成文武艺，卖与帝王家。也有可能他对这些

浮名都不屑一顾，只想浪迹天涯，行侠仗义，了此一生。

不管先前梦想如何，他现在必须要离开洛阳。

前来送行的人都是他在洛阳的牵挂，此次分别，不知道何时还能再见一面。而他此去前途未卜，想起初来洛阳时踌躇满志的自己，这些年来在东都的种种生活，心中有万千情绪，偏偏那柳絮无休无止地下，整个世界都这么没有节制和混乱。柳絮一旦离开树身，就结束了有根有据的幸福，虽可随风任往，但终究无处栖身，这不正像离人？离人轻飘飘的命运正如同一朵柳絮，美则美矣，又有谁可收留？

给理想找一个合适的安放处，是很有必要的事情。即使外面的人们不认可，理想也可以像一只小鱼自由自在地在自己的小天地里生活。这就是人们都需要志同道合的圈子的重要性。不管这个理想是要封万户侯，还是要黄金屋，还是要别的什么。

《女冠子》：情人与夫人

《女冠子·含娇含笑》·温庭筠

含娇含笑，宿翠残红窈窕。鬓如蝉。寒玉簪秋水，轻纱卷碧烟。雪胸鸾镜里，琪树凤楼前。寄予青娥伴，早求仙。

道教是我国土生土长的宗教，重现世享乐，重丹药和长生成仙，生死、享乐、自由是它的关键词。道士的外表很美，长发飘飘，又不如佛家一样讲求四大皆空、克制欲望苦修，因此道教的外貌要平易近人得多，初看起来是很欢乐的。

唐朝的女道士是一道特殊的靓丽风景。她们虽身为出家人，却过着一种半世俗的生活。而当时的社会风气颇为开放，女道士们拥有一般女性难以企及的自由，而同时，这种特殊的身份让她们产生了一种对男性而言独特的吸引力，因此有关女道士的爱情故事为数不少。

话说李白这位学道的同学除了有惊天的才华外，还有颇厚的脸皮，他选择的恋爱对象都不是一般人，攀附权贵做倒插门女婿的事也不是没干过。他的《与韩荆州书》虽然未有什么实际收效，但其溜须拍马之才却一览无遗。不过千年之后，韩荆州竟因李白而被人们记住，侥幸没有消失在历史的风尘中，真是有趣。

武则天、杨贵妃短暂的出家生活，不过是她们获取另一种身份的手

段，是一种明目张胆的洗白行为。似乎只要再重新出来，以前的先皇才人身份、儿媳妇身份就可以视而不见了，就是一个新的人，可堵天下悠悠之口。

而道观中的鱼玄机、李季兰的身份则带着另外的一种诱惑，不属于任何特定的女性，而又有别于纯物质交换的歌伎舞女，她们的才华可用来与士大夫论道，这在当时也是颇难得的。另外，她们的学道迎合了当时人们注重长生与成仙的需求，因以上种种，当时的女道士又称女冠，是很成风气的一种文化现象。而鱼玄机、李季兰这两人的命运颇有共同之处。

鱼玄机的故事前面已有叙述，而唐朝另一位著名的女道士李季兰也是从小颇伶俐聪慧，相传六岁时父亲一时兴起，令以蔷薇作诗，李季兰随口道："经时未架却，心绪乱纵横。"李父大为忧虑，唯恐此女长大后失妇人德。后又因其他原因，将李季兰送入道观。而这首诗确实也一语成谶，预示了这个过于早慧、多情的女子以后的命运。

后李季兰以才色名动天下，与鱼玄机齐名，交际甚广，当时的许多名士都争相结交，其中就包括陆羽、皎然这些鼎鼎大名的士人，寄情于她，谈诗词歌赋，又或者谈人生理想，热热闹闹，而婚事是万万不能谈的。

这就涉及到一个问题——情人和夫人的区别。从古至今，男人们似乎都能分得很清楚，哪些姑娘是用来享受人生、体会恋爱感觉的，哪些姑娘是用来放到家里当红旗的。在不同的年龄阶段，对异性有着不同的诉求。最好的是上得厅堂、下得厨房，最后翻身一跃，还能跳上大床。可惜集万千可爱于一身的人数量本来就少，再说就算是七仙女和白娘子这样满分的人，日复一日，也不会让人持续心跳。

是不是在配偶问题上最好也是优胜劣汰呢？美的、有才华的女子就可以有很多的情人，而有经济基础的帅哥也可以有很多的情人。感情存在，就及时行乐。感情消失就和平告别。等到年老或生子的时候，人们按照约定俗成的法则承担责任和义务，少有所养，老有所依。而如今的一夫一妻制度是否是对人性的一种违反，是否是对具备不同能力的人的一种不公，是一种对优秀生物个体的限制，和对相对弱势个体的扶植？我们的社会会不会发展到有一天配偶也是能者多得，无论男女？

如果那样的话，这些唐朝的女道士肯定可以成立一个王国，自己当当女王什么的。而事实上，她们也确实建立了自己的王国，制定着自己的游戏法则。她们像花蝴蝶一样往返于各色男人之间，人们只看到她们翩跹美艳的姿态。

好像谁都可以接近她们，可谁也没有拥有她们。可后来，当已经青春不再的李季兰被玄宗召见，这个唐朝最多情的皇帝觉得这个美人盛名之下，其实难副，而美人怨恨错过了时间。时间对于美人本来就比对一般人更加残酷，美人迟暮、美少年变成谢顶大肚男都是多么悲哀的事情，任你使尽万般手段也无用。

而最悲哀的是，到后来，国事变幻，李季兰因被逼为伪政权写诗而被光复的皇帝处斩。一个政权的覆灭，对于无法分权力一杯羹的女性来说，本是件没有关系的事。而给政敌写诗怎么可以，男人是希望她以死殉国的。可我觉得从古至今，什么样的人当政不都无所谓吗，只要普通人能过上好点的生活。可古今中外，历史书中所有的统治者都不愿意人们这样想。他们只希望人们效忠于他而不是别人。李季兰虽是个女流之辈，但也应该以死明志。

记得么，鱼玄机也是被国家政权以最光明正大的理由处死的，她的死也成为人们不错的茶余饭后谈资。

我相信人们爱看热闹的习俗是古已有之的，从那么限制级的场面中，看客们能得到多少快感？砍人总是有意思。砍女人可不更有意思？

女人和政治是天敌吗，为什么一旦沾染上政治，女性就变得肮脏和卑劣，最后总难逃悲剧的命运呢？这些女道士，如果放到今天，比这些一线明星要耀眼得多。我真没发现如今哪个女明星长得又美，又年轻，又有惊人才华的，我总是看她们在回答记者提问时艰难地说着些没滋没味的话。少数会写几句歌词，能导个电影的，立即戴上才女的大高帽。可惜，这些唐朝的女子早生了一千多年，要不姚晨和小S哪能成为微薄关注量的第一第二？

她们是尤物，根本不属于我们这个世界。

《杨柳枝》：断桥断肠

《杨柳枝·苏小门前柳万条》·温庭筠

　　苏小门前柳万条，毵毵金线拂平桥。黄莺不语东风起，深闭朱门伴舞腰。

　　姓苏的很容易起好名字。苏小小，发着这三个音的时候，声调由阴平到阳平，舌尖调皮地打了两个卷，连说话者自己都感到一种好听的奇妙，不由地也产生一种爱怜的感觉。然而这个美貌、聪慧、善良、多情的少女在经历了一系列的大悲大喜后于19岁结束了短暂的一生，魂归西湖边的一抔黄土。

　　太早名动天下不一定是件好事情。从还可以的家境到成为西湖名妓，苏小小尝遍人间冷暖。鲁迅说，"有谁从小康人家而坠入困顿的么，我以为在这途路中，大概可以看见世人的真面目"。鲁迅年少时为父亲买药而辗转当铺和药铺之间，养成了他冷静、独立的个性，影响了他一生。而苏小小这个曾经被视为掌上明珠的姑娘，在遭遇了父母双亡的变故后，被姨妈收养，终于不免沦为歌女，心中的波动可想而知。

　　姨妈到底是姨妈，寄人篱下的日子总是不好过的。以前不知道黛玉为什么整天燕窝吃着、小性子使着，还发出"一年三百六十日，刀剑风霜严相逼"的感慨。后来发现，老太太再宠爱也敌不过亲孙子，嫂子、舅妈、姨妈，就更不靠谱了。可怜她们平日里对姑娘千般万般的疼爱，都是假的，到林姑娘闭眼，身边除了紫鹃，竟一个人都没有。

没有人知道苏小小在姨妈家受了怎样的委屈才出来当了歌女。大概就如同苏童小说《红粉》中的颂莲，也是正经人家的娇女儿，只是因为死了父亲，后母把她给人当小，偶然富贵了也好连带沾光，或者不成功，就当这个女儿死了，反正不是自己生养的。女性走投无路，只能靠身体来换些钱来，张爱玲《沉香屑——第一炉香》中的交际花薇龙，李安改编的《色戒》里多年以后还被当局利用的王佳芝不都是这样的命运吗。

这样的姑娘会对爱有着特殊的渴望，即使看上去温和，也有自己的主意。但终究是命薄，如果遇到了对她好的人，她就会产生种种的幻想来，急切地想抓住些什么。

苏小小就是这样的姑娘，她精于歌舞，成为西湖一景时，拒绝了不少商贾富人赎她当侍妾的请求。多年的歌舞生活，培养了她冷眼看人的习惯，对于那些轻薄的男人，她一概不屑一顾。当那个名叫阮郁的男子出现时，苏小小的心扉打开了。

她把千方百计保存下来的真心一股脑送给了他。两人在西湖乘油壁车游览，以山水作证，定下了一辈子相守的誓言。

这是一段充满着快乐的日子，不过好日子总是很快就结束了。接下来的桥段毫无新意：才子如同他的名字一样弱，在钱塘与妓女厮混的消息被远方严厉的老父知晓，父亲大为震怒，勒令其回家，才子虽百般无奈，但父命难违。

当他归来的时候，与苏小小相约于断桥之上。这时，他已经另娶妻室，作纳妾之言，这是大甩卖后的誓言。

天下之桥，再蜿蜒，再富贵，再经历沧桑，总没有断桥以一"断"字能伤人肠。女子总是如此痴情，当年小青以断桥之名劝白娘子放弃没有用的许仙时，白娘子说：你看，名为"断桥"可桥却没有断……

可苏小小一下子明白了。这个男人已经不是那个指山水为证、许下盟

誓的君子了。他不是个坏人，而是他就这么弱。

自己并不是糊涂的人，纵有千万般好，还是遇到了一个不值得的人。

苏小小毕竟是苏小小，她与这个曾经的良人恩断义绝。

可生活还是要继续。她的态度只能表明她的立场，于实际生活的改善并无任何起色。后来，她又倾其所有，资助一个贫寒的书生读书。

身边不是没有这样的女人，帮助男人读书，希望经过漫长的煎熬，如今的投资能够在某一天换来回报。不过现在是先结婚再资助，以前是先资助再结婚而已。虽然婚姻是一种很玄的东西，但到底如今的安全系数要多很多，也是公平的。

后来苏小小咯血而亡，年仅19岁。

其实，她后来资助的那个高中皇榜的书生对传播她的美名起了很大的作用。他说她是他的恩人——多轻巧的词，她死了，可以被他永远怀念。

而生死的距离是那么远，苏小小芳魂已散，他是那么安全。

《梦江南》：请寻我到天涯海角

《梦江南·千万恨》·温庭筠

千万恨，恨极在天涯。

山月不知心里事，水风空落眼前花。摇曳碧云斜。

写到这篇的时候，我人在三亚一个名叫"迷途"的国际青年旅社里。从三亚高铁出来，坐10路车转8路，一路都是茂盛的槟榔树、椰子树和花开得正盛的高大的夹竹桃，车里挤得很，人们互相提醒着现在小偷很多。海南因为缺高校所以缺大量的大学生，所以缺中流砥柱，以致太多的本地小年轻不太懂礼貌，从小小的身子里大声吵嚷出粗俗的话，令人侧目，感叹这里实在是太"舒服"了，甚至没有形成良好的教育、积极的竞争机制。

一路上都是美景，有三亚湾的海，海边的豪华度假区喷着喷泉，也是很美。终于，8路车停在了一个豪华宾馆的门口。下了车，豪华宾馆之旁是都市村庄，深入400米，就在一片工地中见到"迷途"。

啊，"迷途"原来就是找不到的意思。

住了最便宜的10人间，一个床位30元，这是一月底的海南，马上就要过年，比平时贵了10块钱。估计是全三亚最便宜的居住方式。

张爱玲说过，我们总是先看到海的图片，然后才看到海。

又据说苏轼当年被流放到琼岛，与亲人作别，心知此去凶多吉少，写

下"某垂老投荒，无复生还之望。昨与长子迈诀，已处置后事矣。今到海南，首当作棺，次便作墓"的绝笔。这个在两广地区尚且能"日啖荔枝三百颗"的乐观者，在人迹稀少的海南，在面对天海相接的孤寂与单调时，还是发出了无路可走的喟叹。

长亭外　古道边

芳草碧连天

晚风拂柳笛声残

夕阳山外山

天之涯

地之角

知交半零落

一壶浊酒尽余欢

今宵别梦寒

《城南旧事》里用李叔同的这首《送别》作主题曲。我偏偏又想起王佳芝跟易先生感情最深的时候，他不再和她只是地下偷情，他提出要去一家日本馆子吃饭。在那里，她给他唱的小曲"天涯海角，觅呀觅知音。小妹妹唱歌郎奏琴，郎啊咱们俩是一条心"，名子就叫《天涯歌女》。

而这首词，主人公面对着无知无觉的山水，与时光一起老去。那些明艳的山花，潺潺的流水，宁静的碧空，穿过的长风，飘忽的白云，都是大好年华虚度的点缀，如此落寞。

天涯海角，曾经是海枯石烂天崩地裂也在所不辞的誓言。而这首词，就算不去海南，只是在想象着天涯海角这个太遥远的地方，心中就能产生了无限的愁绪：这里已经是中国的极南端，走投无路，眼前只有苍茫的大海。人在海南，总是难免变得更加迷茫。

三亚的天涯海角景点收费65元。有办法可以逃票过去，但并不好操作。失败之后，我和另一个姑娘郁郁买了票，去看那两块大石头。

到目前为止，我还没听到一个人说它的好，但到底是该看的。

竟然意料之外，至少比料想得好。两块大石头，分别叫做"天涯"和"海角"，无数的人争相合影，情侣必定是等候多时手拉手一起取证的。然而想着这两块石头承担的誓言，几百年，不过字迹剥落，又被重新描画而已，而那石头可是真真正正的磐石，屹立了多少万年，已经说不出了。

天涯海角承担了人们太多的誓言和幻想。普通人面对可兼容一切的永恒的大海，只能自惭形秽于自己的渺小和人生短暂。而那些穷尽一生一直在路上的人，找到了天涯海角，就是否能找到他们想要的东西呢？多少年来，他们放弃了某一处安逸的生活，不知疲绝地走，错过了多少风景，又看到了多少风景，直到走到天地的尽头，如果这里还是没有他们想找的东西，又如何？走遍山川也没有化解心中的哀愁，只是空空的行走。

行走的意义是什么，如果连天地的尽头都无法化解我们的哀愁，誓言的意义是什么，寻找的意义又是什么？我在心里默默盘算着接下来可以去哪里走一走，却真的陷入了迷途。

你相信精神的力量可以强大到走遍天涯海角吗？就好像《苏州河》里那段太著名的对话：

如果有一天我走了，你会像马达一样找我吗？

——会。

会一直找吗？

——会。

会一直找到死吗？

——会。

你撒谎……

《定风波》：细说女子闺中愁

《定风波·帘拂疏香断碧丝》·孙光宪

帘拂疏香断碧丝，泪衫还滴绣黄鹂。上国献书人不在，凝黛，晚庭又是落红时。

春日自长心自促，翻覆，年来年去负前期。应是秦云兼楚雨，留住，向花枝夸说月中枝。

稀稀疏疏的微风穿过院门吹拂着画帘，并带来阵阵淡淡的清香，女子坐在梳妆镜前梳妆打扮着，不想竟有了许多的断发。女子一边针织刺绣着织物上的黄鹂，一边低声啜泣，一滴一滴的泪水打湿了女子的衣衫。

是什么惹得女子如此伤心呢？原来"上国献书人不在，凝黛，晚庭又是落红时"。一天又一天过去了，心上人一次一次因公外出，长久不待在家中陪陪闺中人。女为悦己者容，只可惜待到晚上庭院花落时，美人无人惜。

春天是多么美好的时光啊，女子看着春天的良辰美景，不禁发出呼唤，心上人啊，你为何不和我共享这美好的春日时光。你常说，时间还长，以后还有许许多多的时间相伴一起走。只是你可知道，我内心是多么的愁闷不安，一天一天过去，反反复复如此，错过了多少的日日夜夜。

本应是相亲相爱卿卿我我，官人却又要别离，独留女子守着闺房。心上人啊，请留下来吧，在这大好的时光里，我们一起赏花，一起赏月，把这眼前的美景、眼前美好的人儿来珍惜。

本首词细致入微地描写了一位闺中女子因心上人忙于公事无暇顾及其感情而颇感愁闷的心境。感情委婉细腻、真挚动人。

中国古代女子生活在一个相当压抑而封闭的社会环境中，经济地位、政治地位和社会地位低下，使得她们不可能投入到较大范围、较大规模的各种活动中，不可能和男子一起参与各种活动，只能待在家中。对于古代女子来说，家庭便是其一切。自然，女子如此多情，情感丰富细腻，对男子感情期许太多，并寄希望于男子与其朝朝相伴、长相厮守。若不得实现，女子便只能独守空房、空自寂寞。如此便产生了各式各样、不同种类的闺怨，比如离愁、女子怀春、男子负心等。

想必这也是花间词盛行的原因之一吧。古代社会体制所致，男尊女卑，男女之情便是如此，词人不过借花间词风的形式向我们展现了一幅幅古代男女离别亦或男欢女爱亦或风光景致等画面。即便孙光宪作此描写，想必也有男子性别上的优越感吧。在当时的社会背景下，无论如何，闺怨本身是理所应当的，不过孙光宪还是给予了女子许多的爱怜与同情，毕竟他是"男子作闺音"，他不爱女人何苦为女人作呼声。但他也同样是放荡不羁、对女子残忍的，正如其《浣溪沙》所言："十五年来锦岸游，未曾何处不风流，好花长与万金酬。满眼利名浑信运，一生狂荡恐难休，且陪烟月醉红楼"。

每一位女子都希望心上人感情专一，对其一心一意，与其一生相伴永不离吧。花间词"男子作闺音"，虽有性别上的优越感，词人毕竟喊出了女子需要爱的心声。女人也是半边天，也为社会做出了诸多的贡献，没有女人何来男人呢？所以，男人啊，就请善待你心爱的女人吧，给予她足够的关怀与怜爱，她自是甘愿把她的一切奉献给你。

《定西番》：花间词中的边塞闺中情

《定西番·鸡禄山前游骑》·孙光宪

（一）

鸡禄山前游骑，边草白，朔天明，马蹄轻。

鹊面弓离短鞴，弯来月欲成。

一只鸣髇云外，晓鸿惊。

（二）

帝子枕前秋夜，霜幄冷，月华明，正三更。

何处戍楼寒笛，梦残闻一声。

遥想汉关万里，泪纵横。

　　孙光宪这两首词作的风格与花间的浮艳、绮靡有很大的不同，以至于单凭此首词你甚至不会联想到"花间"两个字。陈廷焯在《白雨斋词话》中说孙光宪的词"气骨甚遒，措语亦多警炼，然不及温、韦处亦在此，坐少闲婉之致"，正说出其特色，可为后世豪放词的先声。

　　每一个词人的作词风格、内容取材当然与他的生活背景不无紧密的联系。孙光宪祖上数代都是农民，自幼勤学苦读。为学期间以文会友，游历甚广，并结交了许多当时蜀中较为有名的文人前辈。在其前辈友人的影响下开始了文学创作，于是日复一日年复一年地醉入花间长达15年。他在狂放颓废中自我挣扎，却无可奈何。后离开蜀都，翻越秦岭，抵达秦陇，开始他的山水游历生活。详尽领略西北秦陇风土人情之后，放下文人的斯文与清高，在凤城东谷一带与当地的山人道士以及土匪强绅互相往来，这些都为他的创作积累了丰富的素材，开阔了胸襟。

孙光宪贫寒的出身、丰富的阅历、词人兼政治家的双重身份等原因促使他产生求新求变的创作动因，也使他能在花间词中另辟蹊径，洗去花间词的浓脂腻粉，在绮丽浮靡的审美风格之外创作出阔大旷达、清疏秀朗的艺术风格。最难能可贵的是他赋予词作以诗性的特征，开拓出丰富的题材内容，充分扩大词境，把词从皇宫绮筵、庭院闺阁移至边塞异域、山水田园，从而在花间派词人中独树一帜。正因如此，孙光宪的花间别调词具有值得我们重视的独特价值，孙光宪也正是词从花间小道走向广阔发展天地的重要推动者和先行者。

从美学角度来说，花间是一门艺术，但沉溺花间又会局限作家创作风格的发展。19世纪后半期法国优秀短篇小说家莫泊桑的一生也是游历花间，创作出了许许多多与其生活经历、社会背景密切相关的短篇作品。其师福楼拜曾将自己的写作奥秘倾囊授予莫泊桑：永远都不要相信任何事，去除你脑里的邪念，不要去追求所谓的精巧。凡是天才都是上天赐予的，而一个人所做的事只会不断磨损天生的才能罢了。要知道，一个艺术家必须尽可能远离外界，尽可能过一种规律、孤独、单调的生活。那些让人迷失的事尤其要谨慎，譬如吃喝玩乐，特别是女人。

孙光宪同样认为对文学应该守寒素之心，无躁竞之心，才能达到最高境界。他的词既有以温庭筠为代表的花间派的华丽香艳，又比其他花间派词题材广阔和充实。有不少词反映了社会动乱给人民带来的痛苦，开拓出了新的意境。

前首词写戍边将士粗犷的骑射生活，"鸡禄山前游骑"，笔法清刚劲健，令人于晓月严霜中悠然神往塞上"游骑"的飒爽神姿和矫健身手，较之下半阙的"帝子枕前秋夜"的因景发情、就景结情，凭凄冷悲怆传达关塞戍

卒的深挚乡思和苦怨，自是格调飞扬。

"边草白，朔天明，马蹄轻"，景致颇为开阔明朗。"鹊面弓离短鞴，弯来月欲成"，装入雕刻着喜鹊套子的弓短小精悍而有力，好似弯月。"一只鸣髇云外，晓鸿惊"，以弓射箭，箭出鞴头，在天空白云边划出一道漂亮的弧线，并发出悦耳的声响，以至于惊动了空中飞翔的鸿雁。

这几句取景阔大，起笔凝重，大而不空，再加上格调或冷峭或苍凉或高昂，气骨遒劲，一读即已感知。

后首词则描述宫闱中人的悲苦心情。"帝子枕前秋夜，霜幄冷，月华明，正三更"，"帝子枕前"的宫人实际上大半生独宿，皇帝临幸的时候极少，一生相当孤寂。三更月明空对人，而此时"何处戍楼寒笛"，宫人残梦惊醒之余，不由得产生了对汉关万里的遐想，想到征夫思妇的命运，她不禁热泪纵横。同为春闺梦里人。

在这几句中，时间、空间、感觉、触觉、现实、梦境、想象交织在一起，相互关联，相互依存，内容有包孕有层次，境界有持续和延伸感，且使人能感受到中厚的言外之意，真说得上是虽着眼目前，却神驰万里了。尤其是"何处戍楼寒笛，梦残闻一声"，细细想来似真似梦，非真非梦，却又令人疑真疑梦，蕴含着丰富的内容。"遥想汉关万里，泪纵横"，从虚写的角度，跳出狭隘的地域限制，暗示了在广阔的空间范围内的生活，扩大了作品的思想容量，使作品反映的悲剧具有了普遍的社会意义。这样一来，所创造的境界当然宏大，气骨也当然遒劲了。

前首词的遒劲开阔与后首词的忧思愁苦相呼应，笔法豪迈又情感细腻，可谓花间词中佳作。

《河传》：讽隋炀帝荒淫暴虐之恶劣行径

《河传·太平天子》·孙光宪

　　太平天子，等闲游戏，疏河千里。柳如丝，偎倚。绿波春水，长淮风不起。

　　如花殿脚三千女，争云雨，何处留人住？锦帆风，烟际红，烧空，魂迷大业中。

　　据《资治通鉴》卷一八○《隋纪四·炀皇帝上之上》载，大业元年八月，炀帝幸江都，"御龙舟，龙舟四重，高四十五尺，长二百丈。上重有正殿、内殿、东西朝堂，中二重有百二十房，皆饰以金玉，下重内侍处之。舳舻相接二百余里，照耀川陆，骑兵翊两岸而行，旌旗蔽野。所过州县，五百里内皆令献食，多者一州至百舆，极水陆珍奇，后宫厌饫；将发之际，多弃埋之。"由此可见，隋炀帝在历史上是一个相当荒淫暴虐的帝王。

　　如此暴虐的一位帝王，自然免不了后代许许多多诗人词人对其进行抨击与嘲讽，以警于后世。孙光宪作为花间派一位有着独特个性的词人，并不仅仅局限于男欢女爱、闺情蜜意、红香翠软、风流韵事的描写，其社会感也相对其他词人较为强烈，自然便有了此词的诞生。当然这与他本人的出身背景和人生经历不无密切的关系。

在封建社会，对绝大多数君王来说，普通百姓的性命相当卑微低贱，只不过是其谋获政治目的的工具而已。百姓若是碰到一位开明仁慈的君王，苛捐杂税会相对较少，征战所造成的亲人别离也要少，生活自然好过得多。可是这位隋炀帝非但不是明君，还是一位暴君。

在其眼里，"疏河千里"不过是"等闲游戏"，君令一出，成千上万的人为此劳苦致死。可这又算得了什么呢？炀帝根本不把劳苦大众的性命放在眼里、挂在心上，他还在大运河上游幸快活呢。"柳如丝，偎倚绿波春水，长淮风不起。如花殿脚三千女，争云雨，何处留人住？"多么的骄奢淫逸。据《隋书》载，"植以杨树，名曰隋堤，一千三百里"，当时"吴越间取民间女年十五六岁者五百人，谓之殿脚女。至于龙舟御辑，即每船用采缆十条，每条用殿脚女十人"。

只可惜好景不长，"锦帆风，烟际红，烧空，魂迷大业中"，其奢华淫逸的生活就这么"烧空"，一切都灰飞烟灭了。正如李冰若《栩庄漫记》所评，"烧空"二字用得极妙，"使上文花团锦簇，顿形消灭"。古语有云，"水可载舟，亦可覆舟"。如此正是此类荒淫暴虐君王的下场。

本词层层递进，先以浓墨重彩渲染其盛时情景，为写衰蓄势，再轻轻一点，将衰意道出，发人深思。先写隋炀帝开河植柳、巡幸作乐的荒淫行径，极尽铺陈渲染之能事，最后笔锋一转，点出其奢极而败的下场。吟咏的虽是隋炀帝史实，联系五代时帝王淫靡的生活，我们不难明白作者身处乱世、忧国忧民的良苦用心。对于下江南的隋炀帝，唐代诗中多有讽刺，李商隐的《隋宫》就曾说他"玉玺不缘归日角，锦帆应是到天涯"，但用词这种文学形式写他劳民伤财纵欲荒淫，终至国破家亡的经过，而且写得如此次第清楚，爱憎分明，以前还很少见。于是，孙光宪的这首词在花间词人所布的莺莺燕阵中，便如凤毛麟角般难能可贵了。

《后庭花》：叹陈后主晚唐王朝的今与昔

《后庭花·景阳钟动宫莺转》·孙光宪

（一）

景阳钟动宫莺转，露凉金殿。轻飙吹起琼花绽，玉叶如剪。

晚来高阁上，珠帘卷，见坠香千片。修蛾慢脸陪雕辇，后庭新宴。

（二）

石城依旧空江国，故宫春色。七尺青丝芳草绿，绝世难得。

玉英凋落尽，更何人识，野棠如织。只是教人添怨忆，怅望无极。

　　孙光宪花间别调词在题材的创新上，表现为对社会的深切关注，又体现出对社会生活的深沉思考。孙光宪用力最深也最能体现其对社会、历史进行深沉思考的是咏史词。咏史词多是借历史人物和历史事件来吟咏发挥，寄托志意。孙光宪的咏史词多写历史上荒淫亡国的暴君，贯穿着一个统一的情感基调，即强烈的讽刺与深沉的悲叹。这两首《后庭花》即是描写陈后主荒淫糜丽的宫廷生活，充满了唏嘘感伤之情，寄托了讽喻警世之意。

　　词一叙写陈后主皇宫内环境及人物之美，良辰美景衬以美女，在一幅纸

醉金迷的淫靡画面中暗喻了词人的讥讽之意，虽未作评论，而词人用意自可想见。词中先描写景阳楼上钟动莺转，金殿露凉，暗示天色欲晓了。接着以"轻飙吹起琼花绽"引出下阕，说明"晚来高阁上"，佳人"修蛾慢脸陪雕辇"与皇帝"后庭新宴"。孙光宪这里有意借陈后主赞美的琼花，比喻宫女轻歌曼舞、彩衣飘动的姿态，再现了陈后主"荒于酒色，不恤政事""君臣酣饮，从夕达旦，以此为常"的场面（《南史》）。

词二借用史实寄托词人的深沉感慨。昔日奢华靡烂的生活化为如今的国破城空，美人也已青春不再，怎能不叫人怅望无极。当然，在对昔日繁华如过眼烟云的感叹中隐隐寄寓了词人的亡国之忧。

上阕首句"石城依旧空江国，故宫春色"，石城、江国是指陈后主的都城所在。第二句"七尺青丝芳草绿，绝世难得"，其中"青丝芳草绿"形容后主宠姬的秀发，说明张贵妃是"绝世难得"的美人。据《南史·后妃列传》载："张贵妃发长七尺，鬓黑如漆，其光可鉴。"陈后主于光照殿前筑临春、结绮、望仙三阁，植以奇树名花，陈后主住在临春阁，张贵妃住在结绮阁。陈后主"生于深宫之中，长于妇人之手"，通音律，又为张丽华作《玉树后庭花》等词，皆是靡靡之音。唐朝诗人杜牧《夜泊秦淮》诗便有"烟笼寒水月笼沙，夜泊秦淮近酒家。商女不知亡国恨，隔江犹唱后庭花"之句。

下阕笔锋一转，"玉英凋落尽，更何人识，野棠如织"，美人衰老谁还辨得曾经的姿色，野棠荒草满园已经无人打理，暗示如今国破城空繁华不再。从前是"七尺青丝芳草绿"，而如今"玉英凋落尽"，一句"更何人识"颇显宫女宠姬悲惨的命运。在中国封建社会，宫女宠姬的际遇，往往和君朝的盛衰紧密联系。此首词通过宫女宠姬的昔欢今怨，表现了世事的昔盛今衰，暗示了荒淫君主亡国的历史事实，从而具有了一般伶工之词所没有的思想意义。另外，野棠如织的残破景色和琼花轻舞、雕辇赴宴的情形形成鲜明对比。国破城空，前欢不复，这怎么能不令人感伤古今，怅望无极呢？词人借此流露出物是人非之感，在对昔日繁华如过眼烟云的感叹中隐隐寄寓了亡国之忧。正如陈廷焯所评："胸有所郁，触处伤怀，妙在不说破，说破则浅矣。"

孙光宪这两首《后庭花》借古讽今，把批判的矛头直接指向历史上的荒淫亡国之君陈后主，表现出词人超人的胆识与勇气。孙光宪这类咏史词，在客观叙述历史细节和典型事件的同时，暗寓较为深刻的思想意义，这种严肃的态度和他"三复参校，然始濡毫"于《北梦琐言》的态度是基本一致的。孙光宪最先驱使史书以入词境，融入了晚唐诗经常吟咏的亡国君主的题材，这在《花间集》中是独步一时的，在词学发展史上也理应占有一席之地。

《浣溪沙》：花间词中别开生面的送别情

《浣溪沙·蓼岸风多橘柚香》·孙光宪

蓼岸风多橘柚香，江边一望楚天长，片帆烟际闪孤光。

目送征鸿飞杳杳，思随流水去茫茫，兰红波碧忆潇湘。

人们过去一向认为花间派词的总体风格是红香翠软深密婉约，殊不知其下孙光宪的词别具特色。词初产生时，如幼年花树，枝柯鲜活，色彩天然，举凡天地风云、山水花鸟、离愁别恨、说道劝学、好恶爱憎、人生百态，均可入词，因而风格也显得多样化。但自从温庭筠以自己的创作奠定了词的总体风格之后，一般花间词作虽有清疏与密丽之别，却大多囿于既定的红香翠软的范围，甚至有些词作浮靡孱弱，刻意雕琢堆积，风气之下，鲜有例外。孙光宪在众多的花间派词人中，独致力于力度感的把握，因而能自出清新。

孙光宪，字孟文，陵州贵平（今四川仁寿）人。唐朝末年，做过陵州判官，唐亡以后，在后唐及宋做官。一生著述甚多，今只存《北梦琐言》20卷。《花间词》录其词61首，数量居花间词人之首。

孙光宪的词，和花间派其他人的词不大一样，气骨遒劲，也不乏风致，不在韦庄之下，有人甚至认为"沉郁处，可与李后主并美"（吴梅《词学通论》）。此首词就有点李杜的味道，和五代词人的缠绵大相径庭。

蓼红橘香的美好，楚天万里的开阔，片帆孤光的明朗，在词人的笔下，即使是送别，也没有那种凄凄惨惨、悲悲切切、黯然失魂的样子，反而那么大气，疏阔俊朗，又那么深沉绵长，自有一种高格调大境界。

蓼岸风多橘柚香，江边一望楚天长，片帆烟际闪孤光。

目送征鸿飞杳杳，思随流水去茫茫，兰红波碧忆潇湘。

——《浣溪沙》

这首词写江畔送别，抒发了依依惜别的深情。

上阕三句，写的是送别之景，情调开阔大气又不失秀丽婉转。蓼花盛开的河边，江风阵阵，橘柚飘香。蓼红水碧橘黄，景致非常的绚丽多彩——这是近景。然而，风多寂寥，随着征帆的远去，作者的视线渐渐地离开江岸，先描写江上辽阔的楚天，"江边一望楚天长"；接着视觉由上至下，看着友人的帆影渐渐远离，"片帆烟际闪孤光"，远去的船，只剩下一个闪光的小点了——这是远景。景物描写由近及远，不仅符合真实逻辑，而且这种视觉过程也表现了作者对友人的那份绵绵不绝的深情厚谊。

蓼红橘香的美好，楚天万里的开阔，片帆孤光的明朗，在词人的笔下，即使是送别，也没有那种凄凄惨惨、悲悲切切、黯然失魂的样子，反而那么大气，疏阔俊朗，又那么深沉绵长，自有一种高格调大境界。

其中"片帆烟际闪孤光"一句，和谢朓的"天际识归舟，云中辨江树"，李白的"孤帆远影碧空尽，唯见长江天际流"相比，也毫不逊色。陈廷焯在《云韶集》中谓此句为"绝唱"，"七字压遍古今词人"。实则这七字只有和"思随流水去茫茫"联系起来，才能显示出其全部的深邃意蕴。王国维先生从境的角度激赏这七字，称其"尤有境界"，倒是颇符实际的。若就运笔而言，第一句是象征性的陪衬，第二句点明"望"的动作，第三句写所望对象及其愈去愈远、终成孤点的动态，与电影镜头的推隐极为相似，遂成千古名句。起句"目送"句承"天长"，"思随"句接"片帆"。"兰红"句收结全词，神余言外。前后贯通，一气斡旋，意境清隽，笔力遒劲。

"片帆烟际闪孤光"令我们联想到这样的境界：浩瀚无垠的水面上，一叶扁舟渐渐远去，直到人目力所及的水天相接处，于是，在辽阔茫远烟水空濛的背景中，一切都浑涵渺杳，时隐时现，只有那一点帆影在闪烁着令人难忘的孤光。这种情形很像孙光宪词在花间派词中的地位，也体现着孙光宪词的特质：气骨遒劲，清刚秀丽，有眼界，有气度，有胸襟。

下阕三句写别后情景与感受。宕开一笔写"征鸿"，"目送征鸿飞杳杳"。视角自下而上，由江面而写到空中。朋友已远去，杳然无迹，连那孤

光也看不见了。此时，无尽的惆怅思绪卷上心头，"思随流水去茫茫"，词人望着天上远飞的大雁，看着江中茫茫的流水，心中无限的思念随着大雁，随着流水，到达朋友所去遥远的潇湘。下阕开头两句对仗工整，巧用两组叠音词，"飞杳杳"，"去茫茫"，既写出空间的旷远、苍茫，又承载了词人无尽的思念与惆怅。最后一句，"兰红波碧忆潇湘"，以景语收尾，回应上阕首句。帆影不见了，太阳下山了，征鸿消逝了，寂寥的江岸边，仍旧默默呆立着一个人，久久不肯离去。词人面对着满眼红艳的兰花，碧绿的江水，不禁回忆起和离人曾经一起的潇湘之游，也不禁要生出一种渴望——下一次的相会早一些到来。这样想来，前文所流露的淡淡的伤感之情似乎又渐渐消解了。

　　本词以悦目的景开头，又以绚丽的景结尾，使别情的抒发起到"哀而不伤"的效果。整首词写景清丽，抒情婉转，语言隽永，用典自然。"望"、"送"、"思"、"忆"四字将词人送别时的所见所闻、所思所想紧密地结合起来，显示出严谨的结构。全词层次清晰，脉络甚明，由景入情，情景交融，景越细致情越绵长；始是含蓄蕴藉，后趋吐露明白，语淡而情浓。不愧为写江畔送别的词中佳作。

《浣溪沙》：关于儿女情伤之送别词

《浣溪沙·揽镜无言泪欲流》·孙光宪

揽镜无言泪欲流，凝情半日懒梳头，一庭疏雨湿春愁。

杨柳只知伤怨别，杏花应信损娇羞，泪沾魂断轸离忧。

　　庭院里稀稀疏疏的春雨淋湿了伴随而来的春愁。闺中女子对着镜子，无言泪流，半日过去仍懒得梳妆。开场便是这么悲伤惆怅的一幅场景。

　　外面的杨柳也似乎被寄予了悲伤、怨恨和离别，杏花被雨水打落得一瓣一瓣凋落在地上，早已遗失了之前的娇羞模样。即便是睡梦中，女子也如此忧伤、满面泪水，泪水顺着女子的面庞滑落，打湿了睡盖着的枕被。

　　"揽镜无言泪欲流，凝情半日懒梳头"，女子看着镜中的自己面色暗淡、素颜萧索，悲伤得掉下泪来，可也无心梳妆打扮。女为悦己者容啊，如今心上人已经离别，女子已是悲伤欲绝，自是无心再去打扮。对于"女为悦己者容"这句话的实例解释，钱钟书《围城》里有一段描写方鸿渐的心理："他忽然想唐小姐并不十分妆饰。刻意打扮的女孩子，或者是已有男朋友，对自己的身体发生了新兴趣，发现了新价值，或者是需要男朋友，挂个鲜明的幌子，好刺眼射目，不致遭男人忽略。唐小姐无意修饰，可见心里并没有男人。"不过在本词里，显然女子是心里日日夜夜牵挂着心上人的，只哀心上人远离，便失却了梳妆打扮的意义。如此，刻画出一个多么痴情悲伤的女子形象。

　　"杨柳只知伤怨别"，在中国文学史上，柳是一个很早就被咏唱的对象，"昔我往矣，杨柳依依；今我来思，雨雪霏霏。"《诗经·小雅·采薇》被视为咏柳之祖，柳与离别一下子拉上了关系。汉代以来，常以折柳相赠来寄托依依惜别之情，汉代就有《折杨柳》的曲子，以吹奏的形式表达惜别之情。乐府有《横吹曲词·折杨柳歌辞》诗句"上马不捉鞭，反折杨柳枝。蹀座吹长笛，愁杀行客儿。"折柳寄托离情的习俗始于汉而盛于唐，唐代西安的灞陵桥，是当时人们到全国各地去时离别长安的必经之地，而灞陵桥两边又是杨柳掩映，这儿就成了古人折柳送别的著名的地方，如"年年柳色，灞陵伤别"的诗。古代诗歌中柳和离别已似乎有了某种必然的联系。大概是因为一者"柳"、"留"谐音，古人在送别之时，往往折柳相赠，有"挽留"之意；再者柳树易生速长，用它送友意味着无论漂泊何方都能枝繁叶茂，而纤柔细软的柳丝则象征着情意绵绵，柳枝那摇摆不定的形体，又能够传达出亲友离别时那种"依依不舍"之情。

　　而因"一庭疏雨"，"杏花应信损娇羞"。春天里的杏花原本是很美的吧。北周庾信有诗云："春色方盈野，枝枝绽翠英。依稀映村坞，烂漫开山城。好折待宾客，金盘衬红琼。"这便是写杏花之美的。在春天的时光里，细雨、杨柳依依、杏花，本应是多么美好的景致。只是恨离愁啊，如此美丽的景致都被赋予伤感的色彩，笼罩在一片悲戚的哀愁中。亦如温庭筠《菩萨蛮》所写，"杏花含露团香雪，绿杨陌上多离别"。即便再美丽的景致，离别伤感的人儿眼里一片灰暗低迷，又怎能看得到美景、有心欣赏美景呢？恰恰只能看到景色的悲戚，杏花"损娇羞"，"疏雨湿春愁"，由景及情，联想到自己悲惨的模样，如此更添几分悲伤。

　　"泪沾魂断轸离忧"，即便是睡梦中也泣涕涟涟。女子多情，易为情伤。台湾音乐创作人李宗盛曾为其前妻林忆莲写过一首歌《问》，歌词颇为动人，感人至深。其中有一段是这样的："如果女人总是等到夜深，无悔付出青春她就会对你真。只是女人容易一往情深，总是为情所困，终于越陷越深，可是女人爱是她的灵魂，她可以奉献一生为她所爱的人。"

但是女人啊，你自是应该对自己好一点，即便心上人离别之后。更多去关注美好的事物，爱人爱己，倘若自己都不怜爱自己，又能指望哪个男子会爱上你萧索的容颜、悲苦的内心呢？自信，是女人最好的化妆品。自信的女人最可爱，认真的女人最美丽。充满自信地爱自己，认真投入每一份感情去爱他人。不单单只是将爱给予他人，也要爱惜自己、赞美自己，真诚地面对自己、面对生活。

《浣溪沙》：怎奈何那往昔美好的回忆

《浣溪沙·叶坠空阶折早秋》·孙光宪

叶坠空阶折早秋，细烟轻舞锁妆楼，寸心双泪惨娇羞。

风月但牵魂梦苦，岁华偏感别离愁，恨和相忆两难酬。

　　树叶开始一片一片坠落，已是进入秋天的时候。青楼内轻薄缥缈的细烟盘旋着，曼妙的舞肢旋转着，一片花红酒绿繁华的景象让人眼花缭乱，和楼外天气的清冷形成鲜明的对比。只是如此环境中，一伤心人儿内心如秋叶坠落般凄凉无比，满面泪痕妆容全毁。词的开头便是如此先介绍故事发生的场景状况，然后引出主人公的出场。这难免不引得读者心中产生疑问，是什么惹得此位俏丽佳人如此伤心呢？

　　"风月但牵魂梦苦，岁华偏感别离愁"。原来如此，此女子为情所困、为年岁伤怀。情郎的别离，让女子愁苦万分。年岁的增长，也让人颇感烦闷。当初的相亲相爱海誓山盟最终化为云烟飘散不见踪影，此前的年轻貌美也逐渐消逝，愁绪随着皱纹一步一步慢慢爬上面容、与日俱增，悲苦随着情郎拜访次数逐渐的减少而一点一点地累积，直至情郎的别离、永不相见而心如刀割。

　　此女子把她最好的年月奉献给了心上人儿，只叹息心上人终归还是一名薄幸郎。她是应该恨此男子的薄情，还是在回忆中度过余生呢？终归他们曾经是爱过的，白日夜里孤独寂寞时，一段一段的回忆如电影情节倒播般在此女子脑中播放，之前恩爱的情景一点一点闪现在脑海中。可终归还需重返现实中来，现实的孤寂和回忆中的恩爱形成鲜明的对比，怎能让此女子不恨心上人的薄情？

想必这位女子是非常爱那位男子的。有爱才有恨，恨由爱而生。爱得越深，恨得越深。若是心中不再有爱，哪来的恨？最大的薄情是忘却，好像这个人从来没有在生命中出现过。相忆和恨终归产生于一种感情，那就是爱。因为爱之深才会恨之切，心如刀割，放不下此段感情。女子若是深情到"痴"的地步，一辈子都无法忘却，相忆便是终生了，如此这般不禁让人唏嘘不已。

但是，女人啊，你自是应该对自己好一点。学会忘却，不断成长。男人不是你的全部，即便没有爱情，也要心存爱、心存感激，让自己忙碌起来。时间是最好的良药，当你能够坦然面对这份感情、心中不再有任何伤痛感觉的时候，你就已经放下了心中的那个他。许多年过去，你再回忆此段感情的时候，只留下曾经相亲相爱、相离伤痛的感觉，内心却不再爱此人，相反感激此人让自己成长、让自己有所追忆。曾经爱过痛过就已经足够。如若碰到下一个让自己心动的男子，敬请不要害怕，也要勇敢去爱去奉献。因为女人啊，你便是为爱而生。等你老去回忆此生的时候，你会心存感激，感谢那些曾经给予你爱的男人们，是他们让你成长，让你感受到自己的存在。假如一生都没有体验过爱情，那会是多么的悲惨凄凉。曾经爱过总比不曾爱过要好得多。

只是在古代封建社会，对闺中女子来说，尤其是风尘女子，男人便是其一切。她无法掌握自己的命运，只是随着感情的变迁而影响其心境和当前的生活。由此可见，古代女子是颇为可怜的。作为花间派词人之一，毫无疑问孙光宪爱女人，如本词所写，他对弃妇也颇为同情，可现实中也非常残忍。正如其另一首《浣溪沙》所写："十五年来锦岸游，未曾何处不风流，好花长与万金酬。满眼利名浑信运，一生狂荡恐难休，且陪烟月醉红楼。"

爱归爱，同情归同情，他终归改变不了封建社会离弃女子悲惨的命运。

情歌大师李宗盛曾写过一首歌《为你我受冷风吹》，歌词颇为触人心怀："为你我受冷风吹，寂寞时候流眼泪。有人问我是与非，说是与非，可是谁又真的关心谁。若是爱已不可为，你明白说吧无所谓，不必给我安慰，何必怕我伤悲，就当我从此收起真情，谁也不给。我会试着放下往事，管它过去有多美。也会试着不去想起，你如何用爱将我包围，那深情的滋味。但愿我会就此放下往事，忘了过去有多美，不盼缘尽仍留慈悲。虽然我曾经这样以为，我真的这样以为。"

《酒泉子》：让人断肠心碎的征兵思妇情

《酒泉子·空碛无边》·孙光宪

空碛无边，万里阳关道路。马萧萧，人去去，陇云愁。

香貂旧制戎衣窄，胡霜千里白。绮罗心，魂梦隔，上高楼。

正如昆体良所说，战争似乎就意味着血和铁。任何两个朝代的更替都是人民的血泪史，政治家若想有所成就，人民就得有所牺牲，所谓正义的战争无非是被冠以"崇高伟大"的政治目的。政治家从来没有把人当作人，而是当作为特殊目的所驱使的工具。战争自然是异常无人道的，由战争所致的亲人相别是那么令人愁苦万分，因为征人不知何时能重返家乡与亲人相聚，也许战死沙场、与亲人阴阳两隔了。

本首词即是一首写征兵思妇的花间词，该词不仅生动形象地描绘出一幅戍子远征边疆苍茫辽阔的场面，而且抒写了思妇楼头的怀边伤感之情。颇有唐人边塞诗的风格。汤显祖曾把此词比作"三叠文之出塞曲，而长短句之吊古战场文也"，说"再读，不禁酸鼻"(汤显祖评点本《花间集》，明朱墨印本)，可见其感人至深。这样以边塞为题材的佳作，在《花间集》中真可谓绝无仅有。从艺术上看，全词境界开阔，于苍凉之中又见缠绵之思。而两地相思之情，同时见于笔端，深得言情之妙。

上阕词写征人行役之苦，首句劈空而起"空碛无边"，一眼望去茫茫

沙漠无边无际，令人联想到空旷荒凉的大漠风光。"空"字把荒远、寂寥、没有一丝生机、漫无边际的戈壁沙滩的景象勾勒得十分逼真。第二句"万里阳关道路"，化用王维《送元二使安西》诗句"西出阳关无故人"，点明距离和地点，并且暗示出征人默默回首、无限惆怅伤感的情绪。这把戍子沙场征战多年，戎马倥偬，常年只见荒漠不见故人的热切思乡之情合盘托出，使我们仿佛看到了阳关之外"将军白发征夫泪"的悲凉情景。

接下来的三个短句，"马萧萧，人去去，陇云愁"描摹行军的情景和气氛，从所闻、所见、所感三个角度来映衬征人心头的悲凉。伴随萧萧马蹄声，征人渐渐远离，思绪好似边疆辽远天空中的云朵载着无限绵长而又如荒漠般深广空荡的忧愁。古来征战几人回啊，别离人心绪悲凉有如愁云密布。

下阕写征人思家惆怅、思妇怀边伤感之情。首句从衣着写起，"香貂旧制戎衣窄"，出征前妻子千针万线为自己缝制的貂裘，如今已破旧不堪，身穿的戎装已多年未换，已嫌窄小。当初华贵的战袍旧了，只有戎衣裹体，当初妻人相伴，如今战马嘶昂，暗含珍重旧物和睹物思人之意，情思悠长。第二句"胡霜千里白"，亦景亦情，无限苍凉之态如见。在"胡霜千里白"的恶劣条件下，旧制的皮衣，窄小的军服，不能御寒。心中已冰冷，身上更增一重霜。将士们心中的愁苦凄凉，一如这胡天边塞的冷霜，茫茫无际。

结尾处用三个短句，转过笔锋，不写自己的相思之苦，却设身处地地去揣摩对方的心境意绪，这不但避免了行文的平直，使作品具有了距离美，也通过拟想对方的动作心绪，更进一层表现思妇的痴情苦意，收到一意两化的艺术效果，同时还拓宽了词之境界。"绮罗心，魂梦隔，上高楼"，妇人载着无尽的思念忧愁独上高楼，眺望着遥远的边疆、思念着远方的戍子，不知征人何时能返乡归来。更为悲凉的是，思念之情于梦中也不得寄托，两地相思之魂也被万水千山所阻隔，一句"梦魂隔"写尽了戍子与妻人两地相隔、无限思念与伤感之情。

本词选取无边的空碛、万里阳关、萧萧战马、沉沉陇云等意象，渲染了戍子征途无尽的惆怅之情，构成苍凉开阔的境界。其中"空"、"无边"、"万里"三个词共同构成一幅空阔辽远的画面，使人倍感眼界的开阔与显豁。而戎衣旧制、胡霜千里，怎能不牵动戍子思乡之心。全词境界开阔，于苍凉之中又见缠绵之思，这种苍凉悲壮很容易让人想起盛唐时代的边塞诗，绝不同于香艳翠软的花间范式。本词的境界类似于"高山大河，长松怪石"的境界，都属于"诗人之笔"，即是诗的境界。"马萧萧，人去去"，在这幅画面上，马不是一匹，人不是一个，许多的人，众多的马，构成了宏大壮观的场面，这种场面也决非闺阁庭院所及。而"陇云愁"之"愁"也绝不像"锐感灵思，深怀幽怨"式的隐约含蓄，而是类似于"车辚辚，马萧萧"(杜甫《兵车行》)的直截了当的、毫不隐晦的憎恶战争的强烈情感。

本词语言平易质朴，感情深沉凝重，风格遒劲、苍凉、悲壮，在花间词中是难得的。另外，其深刻的思想内容扩大了花间词的范畴，对征兵行军、妻人相隔之苦所表现的关切之深、情调之悲，也是其他花间词所不能比拟的。

《临江仙》：古时儿女离愁苦恨多

《临江仙·霜拍井梧干叶堕》·孙光宪

霜拍井梧干叶堕，翠帏雕槛初寒。薄铅残黛称花冠。

含情无语，延伫倚阑干。杳杳征轮何处去？离愁别恨千般。

不堪心绪正多端。镜奁长掩，无意对孤鸾。

已经进入深秋了，霜降拍打着院落井旁的梧桐，干巴巴的梧桐树叶一片一片掉落下来。翠绿色的帘幕以及屋廊的雕栏也冰冷下来。词的开头便是一片寒冷凄清的景象。

闺房中的女子不知何故也较少去穿戴打扮，满面愁容舒不展。傍晚时分，女子倚靠着阑干，默默无语，无限惆怅地眺望远方，深情盼望着远方征战的故人归来。

"薄铅残黛称花冠"，原来如此。女为悦己者容，悦己者不再，又何苦再去花费心思妆容打扮呢？即便是那些曾经用过的粉黛花冠，也会让女子睹物思情，回想起自己曾经貌美如花的容颜以及和情郎在一起的美好时光吧。何不即为素颜，故人不在，又何苦去取悦他人呢？词人的笔下刻画出好一个痴情的人儿。

女子不禁在心里深情地呼唤着远方的故人，情郎啊，如此杳然无绝期一轮又一轮的征战，今日你又身在何处呢，何时能重返故里与我团聚？离愁别恨是多么让人伤心断肠。

女子返回屋中，对着梳妆镜匣掩面而泣，如今惨颜素面、故人不再，又不知故人何时能归来与我团聚啊。自然更无心思再去看孤鸾，以免触景及情再伤怀。

想当初男女相恋时是那么的缠绵美好、情真意切，相许永不离弃，只可惜世事难料、事与愿违，并非一定是情人变了心，反倒是两情相悦却因征战不得不相隔千里。这更是令人遗憾万分。

在古人眼里，人生最大的悲哀莫过于生别离，因为有些别离可能就是永别啊。一方面，古时的交通工具落后，信息传递也不方便。另一方面，天灾疾病，战争动乱，也许哪天即身死异乡，永远无法再与亲人团聚。王国维在《人间词话》中说："境非独谓景物也。喜怒哀乐，亦人心中之一境界。"与亲人相别即是人生中的莫大哀愁了。

曾经有一首叫做《世界上最遥远的距离》的情诗广为流传，其中有一段是这样写的："世界上最遥远的距离/不是/我就站在你面前/你却不知道我爱你/而是/明明知道相爱/却不能在一起"。在本首词中，女子与故人相爱却又相隔万里，甚至故人可能征战而死，"世界上最遥远的距离/不是你我隔着千山万水/而是/生死两茫茫"。多么地让人痛彻心扉。

当然，我们最希望看到的结局是戍子重归故里，与女子团聚，以后过着和和美美的日子。只是一句"杳杳征轮何处去"，我们才大梦初醒，一轮又一轮的战争何时休，帝王何时真切关心过百姓的生活、戍子的安危。

在这首词里，孙光宪颇具远见，将闺中思妇的思念、悲伤之情置于征战不休的宏大壮阔的背景下，情感委婉细腻、真挚动人，却又表现了人们对战争的不满，对美好安定生活的向往。词人社会责任感之强，对劳苦大众生活关心之真切显而易见。

《南歌子》：青楼女子似楚真

《南歌子·艳冶青楼女》·孙光宪

艳冶青楼女，风流似楚真。骊珠美玉未为珍，窈窕一枝芳柳，入腰身。

舞袖频回雪，歌声几动尘。慢凝秋水顾情人，只缘倾国，著处觉生春。

孙光宪作为后唐宋初年间花间派词人之一，自幼勤学苦读，为学期间以文会友，游历甚广，并结交了许多当时蜀中较为有名的文人前辈。在其前辈友人的影响下开始了花间词创作，于是日复一日年复一年地醉入花间长达15年，并有所成就。正如《浣溪沙》所写："十五年来锦岸游，未曾何处不风流，好花长与万金酬。满眼利名浑信运，一生狂荡恐难休，且陪烟月醉红楼。"自然，孙光宪见过许多花间美人，经历过许多艳情秘事。

而这首词的主人公是一位青楼女子。"艳冶青楼女，风流似楚真"，此女子冶艳风流，好似楚真。楚真，巫山神女。巫山神女是我国历史上脍炙人口的神话传说，最早见于《山海经》，屈原的《九歌·山鬼》和宋玉的《高唐赋》、《神女赋》中都有描述。战国时楚怀王游高唐，梦与神女相遇，神女自荐枕席，后宋玉陪侍襄王游云梦时，作《高唐赋》与《神女赋》追述其事。神女为"旦为朝云，暮为行雨"的美貌仙女。此后，"巫山神女"常用以比喻美女，"巫山云雨"、"阳台梦"遂成为男女欢好之典，千古赋诵。这里用巫山神女形容此女子，可以想见其美貌和风流了。

在词人的笔下，其美貌堪比"骊珠美玉"，体态轻盈窈窕，"芳柳人腰身"，多么让人浮想万千。我们眼前仿佛出现一个窈窕貌美、风姿绰然、杨柳细腰、好似巫山神女模样的女子。

女子不仅风流貌美，歌舞才艺也惊为天人下凡尘。"舞袖频回雪，歌声几动尘"，女子曼妙地翩翩起舞，宽大的舞裙衣袖随之摇摆，雪白的肌肤时隐时现，窈窕的身姿若即若离。女子舞到兴致，朱唇微启，美妙的歌声惊为天籁，好似天仙下凡，惊动了凡尘。如此视觉、听觉上美的感受，怎能不让词人心旷神怡、春意萌动。

至此，你又要词人如何呢？词人和我们一样，早已醉心于此女子的貌美、才艺和风情。词人浓情蜜意、情似秋水凝望着美人，美人则含情脉脉、顾盼生辉，此等倾国倾城怎能不叫词人春心荡漾、情意蒙蒙呢？虽是花间之乐，权且放过他吧，人生短暂夫复何求呢，当且美酒佳人歌舞相伴，自是"一生狂荡恐难休，且陪烟月醉红楼"。

花间词虽是香艳，但香艳有香艳之美，诗词中的情感又是那么深密婉约、自然不做作，给人以游于花间美的感受。况且古代男子可以三妻四妾，古代君王更是后宫佳丽三千，花间词的创作不过是写其心声吧，哪位男子不希望碰到一位风流貌美而又才艺双全、好似巫山神女的佳人呢。甚至，从美学的角度来说，花间本身也是一门艺术。而孙光宪就为我们展现了如此一位佳人，读者即可以借此想象此女子的风姿神韵而大饱"眼"福了。

《南歌子》：相爱愿为连理枝

《南歌子·映月论心处》·孙光宪

映月论心处，偎花见面时。倚郎和袖抚香肌，遥指画堂深院，许相期。

解佩君非晚，虚襟我未迟。愿如连理合欢枝，不似五陵狂荡，薄情儿。

也许每一位陷于爱情中的女子，都会为爱痴迷吧，情到深处时，自然相许终生永不别离。孙光宪的这首《南歌子》又为我们描绘了一幅男女相爱时如胶似漆、缠绵美好又情真意切的画面。

晚上月明时分，女子与情郎相见依偎在那花旁，海誓山盟，以月为鉴。我偎着你，你搂着我，俩人遥指深院画堂的月亮，许诺着再次相会的日子。

恋爱中男女的感情是多么如胶似漆、缠绵美好啊，好像全世界就只剩下他们两个一样。每一分钟的别离都是煎熬，分分秒秒时时刻刻都挂念着心上人。虽说是肉麻了点，可也真感动人。

女子为爱而生，感情自是伟大。自然肯为所爱的人付出一切，因为你便是我的一切，我所拥有的也是你所拥有的。施比受更有福，给予比接受更伟大。自然，女子许诺"解佩君非晚，虚襟我未迟"。

更何况情郎也有情有义，没有辜负女子的感情，完全不同于金陵那些狂妄放荡的薄情公子，女子当然愿意以身相许、托付终生。

本词上阕首句"映月论心处"与"偎花见面时"形成对偶，情感温柔婉约、清淡雅致，堪为本词佳句。紧接着"倚郎和袖抚香肌，遥指画堂深院，许相期"，描写几乎每一对热恋中的男女如胶似漆、指月为盟的情景，希望彼此长相守相亲相爱永不离。下阕则表明女子心意，你我有情有意，自是可以托付给你，与你共结连理、合欢共枕眠。

本首词表现了女子和情郎相爱时美好缠绵的感情，令人感动的美好画面如在眼前，似每一位相爱过的人亲身经历体验。

《清平乐》：离愁别恨空留苦

《清平乐·愁肠欲断》·孙光宪

（一）

愁肠欲断，正是青春半。连理分枝鸾失伴，又是一场离散。

掩镜无语眉低，思随芳草凄凄。凭仗东风吹梦，与郎终日东西。

（二）

等闲无语，春恨如何去？终是疏狂留不住，花暗柳浓何处。

尽日目断魂飞，晚窗斜界残晖。长恨朱门薄暮，绣鞍骢马空归。

这又是两首关于春闺悲情伤感之词。也许在这个世上，男人生来是为了天下苍生而活着，这里面包括女人，可能一个女人，也可能有许许多多的女人。而女人的世界里可能只有那么一个男人就足矣。从古至今，哲学家、政治家、思想家以及但凡在科学领域有所成就的大部分都是男人。而女性则温柔敏感、细腻认真，逃不脱风花雪月流派之俗。简言之，男人为力而活着，女人则为美而活着。

美女理所当然被当作花瓶对待，美女参与政治时，通常是被男人当作牺牲品用的。西施、王昭君、《色戒》中的王佳芝等都可作为佐证。武则天是个例外。这不知是女性的悲哀还是女性的福祉？貌美的女子若是还拥有智慧的话，利用不当可能就归为城府了。男人则纷纷避而远之，深恐受其害。

可英雄难过美人关，三十六计里有美人计，封神榜中纣王被妲己迷惑而失去其国家，吴王也难过美人西施这一关。众人皆说，女人是祸水。虽是祸水，众男还是争相趋之。说得好听一点，"窈窕淑女，君子好逑"；恶俗些来说，"牡丹花下死，做鬼也风流"。美女美酒美景相伴，人生如此、夫复何求？花间派不正是如此产生的吗。南唐后主李煜的词也是很凄美的啊。流于花间，不也产生了日本文学樱花罪恶之美嘛。

自古东方思想禅味悟性过浓，而西方思想总体可归为理性。叔本华曾说，男女之间的性爱无非是为了延续种族而产生更为优质的后代。那男人在花间不断寻觅自是理所当然。古代皇帝后宫佳丽三千，想必许许多多嫔妃被其偶幸后就宫门深锁、形单影只、对镜自怜，皇上还不知哪日能念起她来。自然是令人愁苦。正所谓是"愁肠欲断，正是青春半"。

如今男人没了三妻四妾，改为一夫一妻。可男人依旧会为了理想而漂泊，"终是疏狂留不住，花暗柳浓何处"，而女人生来肩负养育之责，缺乏安全感，需要安定下来，依然可怜了女人"长恨朱门薄暮，绣鞍骢马空归"。也许理想只是一个借口，他只是胃口仍然不满足，一个女人只是桌上的一盘菜而已。人怎么能只吃一种菜呢——此类男人如是说。

有钱人"包二奶"现象比比皆是，而女人出轨养小白脸则较为少见。女人情感较为专一，因此更容易受到薄幸郎的伤害。诗经中的《氓》也描述了男女感情的变迁，起初"氓之蚩蚩，抱布贸丝。匪来贸丝，来即我谋"。女子"乘彼垝垣，以望复关。不见复关，泣涕涟涟"。多么美好的感情，可终究难逃"士也罔极，二三其德"，"信誓旦旦，不思其反"。

《红楼梦》中的贾宝玉亦可称得上花间出生花间成长，活脱脱一多情种子，多愁善感的林妹妹自是忍受不了他的这般多情。林妹妹的"花谢花飞花满天，红消香断有谁怜？"让多少有情人心痛得肝肠寸断。君不见，女子"尽日目断魂飞，晚窗斜界残晖"，终归落得形单影只，一颗孤零零的心只能借花凭吊。

《上行杯》：征战沙场伤离别

《上行杯·草草离亭鞍马》·孙光宪

草草离亭鞍马，从远道、此地分襟。

燕宋秦吴千万里，无辞一醉。

野棠开，江草湿，伫立，沾泣，征骑骎骎。

离情别恨是常见的花间词题材，多是缠绵悱恻之作，而孙光宪的此首《上行杯》则与之有别。本首词描写了蜀王穷兵黩武进攻燕、宋、秦、吴，致使戍子与亲人离别的场面。

首句"草草离亭鞍马，从远道、此地分襟"，江草丛生的古道驿站外，鞍马驻足，戍子即将踏上征途，与亲人别离。"离亭"，古代建于离城稍远的道旁供人歇息的亭子，古人往往于此送别。南朝陈阴铿《江津送刘光录不及》诗云："泊处空余鸟，离亭已散人。"

"燕宋秦吴千万里，无辞一醉"解释离别原因，原来蜀王穷兵黩武进攻远在千万里之外的中原，如此怎能不叫人希望 醉解千愁呢。"无辞一醉"句，联合《上行杯》的词题，令人联想到"劝君更尽一杯酒，西出阳关无故人"的别离曲，以及"一壶浊酒尽余欢，今宵别梦寒"的饯行词。

"野棠开，江草湿，伫立，沾泣，征骑骎骎"：古亭外野棠花开，江草丛生，而戍子与亲人即将离别，伤心的泪水淋湿了江边的野草，随后战马萧萧嘶鸣、达达马蹄声响起，戍子踏上征途，亲人望着战马上戍子急速远离的背影，久久伫立于那里哭泣不止，连绵不绝的泪水也打湿了衣襟。

这首词选取了"离亭"、"鞍马"等有代表性的场景，并借"燕宋秦吴"形容道路疏远，一去千里，令人愁苦万分。进而描写"野棠开、江草湿"的临别地，融进一层凄苦的色彩。最后以送行者"伫立"、"沾泣"的神态与"征骑骎骎"的形象互为映衬。这首词化用了江淹《别赋》的句意，描写了《别赋》中"割慈忍爱，离邦去里"的场面，扩大了花间词的表现容量。

宋朝词人柳永《雨霖铃》写情人别离也有着与之类似的意象群："对长亭晚，骤雨初歇"，"都门帐饮无绪，留恋处、兰舟催发"，"执手想看泪眼，竟无语凝噎"，"今宵酒醒何处，杨柳岸、晓风残月"。李叔同的《送别》则写知交别离："长亭外，古道边，芳草碧连天"，"天之涯，地之角，知交半零落"。柳永的《雨霖铃》伤感愁苦悲切，李叔同的《送别》则较之增添几许惆怅，哀而不伤。

而本词中的离情不同于与才子佳人、知交友人的离情，或者可以说表现场景更为壮阔，表达情感更为凄苦悲凉，词人所表现的关切社会之情也更深沉。本词以征人即将远离为背景，以燕、宋、秦、吴千万里的遥远行程为时空阻隔，因此在这份离情中充满了前途未卜、也许生死阻隔永不再见的痛苦，自是与花间柔而无骨的离情不可同语。同时，词人于离情中注入对征战的厌恶，所以词作风格不是伤于柔弱，而是在悲苦中凸现骨力，显得格外深沉凄凉。

《上行杯》：南浦送别悲戚苦

《上行杯·离棹逡巡欲动》·孙光宪

离棹逡巡欲动，临极浦、故人相送。

去住心情知不共。金船满捧。

绮罗愁，丝管咽，回别，帆影灭，江浪如雪。

这首《上行杯》即是写女子送君于南浦的别情离绪和凄楚景况。

首句"离棹逡巡欲动，临极浦、故人相送"也是开门见山点明场景发生地点、所为何事。女子站在江边送别故人，依依不舍凄凄惨惨，而江边船上的桨来回逡巡摆动催人急。"离棹逡巡欲动"和柳永《雨霖铃》中的"留恋处、兰舟催发"有异曲同工之妙。

紧接着写女子别离的伤感愁绪以及痴情厚意，"去住心情知不共。金船满捧"。你所去的遥远的地方我不能陪你同往，你以后的生活感情我也不能再与你共分担。但愿此船能载着我满满的深情厚谊陪你前往到那个地方。前句"去住心情知不共"也颇类似于柳永《雨霖铃》中"此去经年，应是良辰好景虚设""便纵有千种风情，更与何人说"。伤感愁绪溢于言表。后一句"金船满捧"中的"捧"用得非常妙，一方面我们仿佛看到此女子双手捧出象征满满情谊的感情信物赠送予故人。此后，信物长相伴，睹物思佳人，你我情谊永不移。另一方面，金船载满祝愿与深情，伴随着故人安全顺利抵达所去的地方。此女子的痴情厚意跃然纸上。

最后一句，"绮罗愁，丝管咽，回别，帆影灭，江浪如雪"，描写故人离去后女子伤心欲绝的场景。在这里将女子比喻为"绮罗"，载着无边无际无处排解的离愁，情至深处，女子伤心欲绝不停地低声哭泣，好像丝管在鸣咽。女子站在江边望着船上故人别离的身影，久久不肯离去，故人回别，直至帆影消失不见，只能看见江边大浪白茫茫一片浩如雪。"帆影灭"，让人同样联想到孙光宪《浣溪沙》中"片帆烟际闪孤光"的情景，"孤光"不见，空留悲痛欲绝的女子。

这首词用词清疏俊朗——"离棹""金船""绮罗""丝管""帆影灭""江浪如雪"，所表现的场景空阔苍茫，增添几分惆怅，情感细腻真切，但又过于悲惨凄切。

《生查子》：细腻情，闺中意

《生查子·寂寞掩朱门》·孙光宪

寂寞掩朱门，正是天将暮。暗淡小庭中，滴滴梧桐雨。

绣工夫，牵心绪，配尽鸳鸯缕。待得没人时，偎倚论私语。

文学作品描写景物人事，往往并非真实的目的，而其真实目的，常常是为了揭示人事的内在气质和精神面貌，进而实现以形写神。因此，好的作者都别具慧心，都能够选择那些最能传神的外部形态来进行描写，且选择后仍要将笔墨集中在最能揭示对象的神韵的局部上，以期使读者领略充溢在作品字里行间的含蓄深厚的勃勃生机。孙光宪即是如此。不要说那些以风度气概著称的写边塞风光和吊古伤今的词作，就是他写轻仇浅恨、闺情闲愁的小词，读来也气韵生动、爽爽有神。

上阙描写了薄暮时分朱门深掩、小庭寂寂，色调暗淡。滴滴细雨，洒落梧桐之上。满院景物，均为典型的情景，上下左右打成一片凄清。在这凄清暗淡的氛围中，主人公心绪纷然无主，"配尽鸳鸯缕"，且"待得没人时，偎倚论私语"。前两句"寂寞掩朱门，正是天将暮。暗淡小庭中，滴滴梧桐雨"孤冷凄清的情景，与晚唐李商隐诗句"秋阴不散霜飞晚，留得枯荷听雨声"有着类似的意境。詹安泰先生以为"巧妙而不尖纤，为孟文所特擅，但或出之以奇横，不尽拙重耳"。孙光宪这类闺情别绪词，充分表现了这种特色。

本首词也让人联想到孙光宪的另一首词《思帝乡》："如何，遣情情更多？永日水堂帘下，敛羞蛾。六幅罗裙窣地，微行曳碧波。看尽满池疏雨，打团荷。"同样是写孤冷凄清的院落里女子怅然若失的心情。这首词的开端则直接宣写女子的内心独白——"如何，遣情情更多"，一语中的，表明女子心境类似天气，暮霭沉沉、迷迷蒙蒙不得寄托。两首词的心境类似，只是遣情行为不同。在《思帝乡》中是"六幅罗裙窣地，微行曳碧波"，女子拖着美丽的长裙翩然而行，仿佛"凌波微步，罗袜生尘"的洛水女神。而在《生查子》中，女子则"绣工夫，牵心绪，配尽鸳鸯缕。待得没人时，偎倚论私语"。想来此女子也无非是因景及情，如此，自然需要遣情寄托。

不同的意象的运用便会形成不同的意境。温庭筠、韦庄等许多花间词人的许多词的意境都很狭小，多是一种表现思妇这一特定的女性生活环境和心境的独特迷离的境界。而孙光宪词的境界很阔大，跟那些只把笔触落在闺阁绣帷、画堂洞室、翠幕珠帘、花前月下的词作分别判然。本首词所写的虽只是限于闺思闲愁的小小景物人事，但由于作者精心选择安排，使之浑然一体，既非常鲜明地表现了对象的形成特征，又能使人想见对象的风采神韵，于是境界也就显得相对开阔起来。像这样一首写闺情和闲情的词，孙光宪也自饶大气，体格恢宏，令人读后感其范畴绝在笔墨之外。王国维在《人间词话》中还说，"境非独谓景物也。感情亦人心中之一境界。故能写真景物、真感情者，谓之有境界"。孙光宪正是通过这种环境景物和词中人物心境的密切兴会，达到情与景、主观与客观、形与神的高度统一，从而创造出非凡的的意境。

《思越人》：思西子，叹吴越

《思越人·古台平》·孙光宪

（一）

古台平，芳草远，馆娃宫外春深。翠黛空留千载恨，教人何处相寻。

绮罗无复当时事，露花点滴香泪。惆怅遥天横渌水，鸳鸯对对飞起。

（二）

渚莲枯，宫树老，长洲废苑萧条。想像玉人空处所，月明独上溪桥。

经春初败秋风起，红兰绿蕙愁死。一片风流伤心地，魂销目断西子。

通俗些来说，咏史词是词人借用典故进行诗词创作，类似浓缩精华的观后感或者评论什么的，里面包含着作者对此事的感慨或是评判等感情。在《花间集》中孙光宪写了7首咏史词，其中《后庭花》与《河传》中的几首咏史词意在揭露讽刺，而《思越人》这两首咏史词则虽有揭露讽刺，却意在抒发对历史的感慨，感叹历史变迁和朝代的盛衰，一个"思"字即已表明。在这类作品中，尤以感慨春秋时吴越两国命运的戏剧性变化为多。

传说春秋时吴国战胜越国，越国用范蠡计，献西施于吴王夫差而求和。其后，吴王夫差沉溺美色而废政，越王勾践却卧薪尝胆而兴国，最终灭了吴国，西施归范蠡，从游五湖而去。于是，越女西施变成了传说中卷入吴越之争的历史人物。西施乃古代四大美女之一，在此若非要说红颜祸水也是不妥当的，这只是片面之辞。三十六计中有美人计，女子不过是被卷入政治中的工具，女子本身根本不具选择的余地，如此更为西施增添几分怜爱之情。而女人是祸水，应该是针对坏女人来说的，比如《封神榜》中的妲己。否则，只能算是君王昏庸，沉溺女色不务政事，比如陈后主。

这两首词即是借吟咏西施旧事，表现作者吊古伤今的情怀，笔致疏冷，意境幽深。词一抒发美人已去、人事无常的感慨。词二则在美人已去的惋惜中，隐含了词人"不足以展其才力"的落寞，栩庄有云："'月明独上溪桥'，所谓伤心人别有怀抱也"。

词一描绘馆娃宫遗址景色，叙写西施旧事，抒发了世事无常的悼古伤今之情。上阕，把西施对越国的怀念用"古台""馆娃宫"与"翠黛"三词写出，让读者与词中描写的任务一同穿越时空，进入到千载以前的历史事件中。用眼前春意萌然的景象与人物的历史命运两相对照，让人心生无穷感慨。下阕，由怀古来抒发悲慨惆怅之情。最后两句情景交融，令读者回味无穷。

词二则描绘了常州废苑的荒凉萧条景象，悬想了当年西施盛年独处、吴国败亡后又愁苦而死的幽怨凄凉。上阕与其一写法相同，下阕由景结情，抒写伤悲的感慨，"凄艳而笔力甚遒"。在这首词中，词人怀古伤今之情显而易见，"此等俊逸语，亦孟文所独有"。孙光宪借古人古事以寄今情的咏史词，表现出他作为兼有政治家身份的词人的深刻思想境界和独到见解，其情感不只是停留在感时伤世的悲苦中，而是在深层次寄托了自己隐而深的亡国之忧。

孙光宪两首词，借题发挥，咏西子情事，叹物是人非、朝代兴替。盛衰形成强烈鲜明的对比，作者的无限感慨正是通过这种强烈的盛衰对比传出，笔力十分深厚。

《更漏子》：自古女子多痴情

《更漏子·对秋深》·孙光宪

对秋深，离恨苦，数夜满庭风雨。凝想坐，敛愁眉，孤心似有违。

红窗静，画帘垂，魂消地角天涯。和泪听，断肠窥，漏移灯暗时。

这又是一首闺怨词。在孙光宪的闺情词中，一般是以春天和秋天为背景的，春天多为女子怀春似的闺情词作，秋天则多为离别伤感类的闺怨词作。此词亦不例外。

首句即点明此首写离别伤感的闺怨之作又是以秋天作为凄凉的背景，"数夜满庭风雨"自是让人更添几许悲苦惆怅。

红窗寂静暗淡，画帘低垂，闺房内灯光忽明忽暗地闪烁着，女子坐在床边皱着眉头凝思苦想，思念着远方的情郎，其魂魄已穿越时空飘至身在地角天涯的心上人那里。窗外风雨大作，惊醒沉溺于回想中的女子，猛然回头看到孤身的自己，情至深处，女子不禁伤心愁断肠，掩面低泣沉吟许久。

自古痴情是女子，人不风流枉少年。只可怜了闺中的女子，心中挂念着那些爱过她们的负心人。善良简单的她们容易相信人，也容易被感动，更容易全身心投入，如飞蛾扑火般去爱，哪怕知道了心上人的真面目也义无反顾，就算是死在他的手里竟也会觉得是种幸福。古代女子便是如此爱得真、爱得痴、爱得傻。

亦如纳兰性德之词《木兰花令·古决绝词·柬友》所写："人生若只如初见，何事秋风悲画扇。等闲变却故人心，却道故人心易变。骊山语罢清宵半，夜雨霖铃终不怨。何如薄幸锦衣儿，比翼连枝当日愿。"

人生若只如初见，何事西风悲画扇？隐隐约约中传来一阵歌声，"问世间情为何物，只叫人生死相许"，丝丝剥落的痛楚……

于是我们只能感慨，自古女子多痴情，痴情总付东流水。

《应天长》：愿奉献给那最美好的年月

《应天长·翠凝仙艳非凡有》·孙光宪

翠凝仙艳非凡有，窈窕年华方十九。鬓如云，腰似柳，妙对绮弦歌酿酒。

醉瑶台，携玉手，共燕此宵相偶。魂断晚窗分首，泪沾金缕袖。

读完这首词，谈谈对古代女子无论心理还是生理年龄早熟的一些感想。古代女子13岁为豆蔻年华，15岁女子便把头发梳拢来挽一个髻，插上叫做笄的首饰，叫笄礼。加笄后就表示她已成年，所以女子到了成年，叫"笄年"，又称"及笄"。

古人的平均寿命在40岁和50岁之间，男子三十而立，四十而不惑，五十而知天命，六十花甲，七十便古来稀了。若为40岁的寿命，按照黄金分割比例，15岁便为其黄金岁月，也就是行笄礼成年之时。若为50岁的寿命，19岁则为其黄金年代。19岁貌美如花的女子正如诗中所描述"窈窕年华方十九""鬓如云""腰似柳""翠凝仙艳非凡有"。通过词人的描写，此貌美女子清晰地展现在读者眼前，我们仿佛看到此女子行走在美的光彩中，颦笑间眉目含情、顾盼生辉。

而如今，据联合国青、中、老年龄结构划分，44岁以下为青年人，

45—59岁是中年人，60—74岁为年轻的老年人，75—89岁为老年人，90岁以上是长寿老年人。中国人平均寿命为70岁左右，按黄金分割比例，人生的黄金时代则在26—27岁，显然是在不断地后延。但人的青少年成长时期依旧保持在20岁以内，不会发生改变。如今15岁的女子仍只能算是可爱的萝莉，身心发育可能都还不健全，中青年男子爱萝莉自有其恋童癖情结，亦如《一树梨花压海棠》中亨伯特对洛丽塔的感情。而王小波笔下的《黄金年代》男主人公王二那年21岁，女主人公陈清扬26岁，故事就正好发生在人生中那段最美好的时光啊。

心理和生理年龄的早熟自然与社会体制相关。古代女子作为男人的附属物，自小务针织持家务，大户人家的女儿或是风尘女子更是为爱而生，能诗词习字画擅歌舞，正所谓"妙对绮弦歌醉酒"。而现今男女平等、自小接受同样的教育，十五六岁的男女生尚在读书中，对男女之情懵懵懂懂充满无尽的遐想。另外，女人不再作为男人的附属品而存在，女人也需为自己的人生规划，在社会上艰苦地打拼，方可拥有自己的一番天地。如此，自是选择颇多，不单单只是局限于男女之情、为其养儿育女。

但无论社会发展成何种模样，女人生来肩负养育之责，天性为爱而生。相亲相爱的男女在一起卿卿我我你侬我侬，"醉瑶台，携玉手，共燕此宵相偶"。分别时，肝肠寸断依依不舍泪洒衣襟，"魂断晚窗分首，泪沾金缕袖"。古代女子生得好嫁得好就算是上辈子积德了，但若遇到薄幸郎也难逃此生悲惨的命运。现在的女人有尊严地活在这个世上也是非常不易，一方面需要维系好夫妻关系，养儿育女，另一方面还要辛苦工作养家糊口。

不过也许是我观念落后，现今"90后"的小男孩小女孩比我们这一代要早熟得多。也许你邻居王大爷家六年级的孙子已经有了小女友，而你可能是堂堂七尺男儿正在读博，连个女朋友都顾不得上交往。另外，现今的观念开放和古代的早熟遥相呼应，虽是晚婚晚育，性成熟时间却早得多。

《风流子》：山水画之画中景与景中情

《风流子·茅舍槿篱溪曲》·孙光宪

茅舍槿篱溪曲，鸡犬自南自北。

菰叶长，水葓开，门外春波涨绿。

听织，声促，轧轧鸣梭穿屋。

　　孙光宪生长在五代的后唐和北宋初期。自幼勤学，博通经史。这首《风流子》，在他的八十多首词中，是别具一格的。在这首词中，词人突破花间派艳丽柔靡词风的束缚，纯粹采用白描的手法，描写了田园、村舍的风光，生活气息浓厚，景致清雅秀丽、趣味盎然。

　　"茅舍槿篱溪曲"，开篇第一句首先介绍村落一所茅舍周围的环境状况，它坐落在一条清溪的弯曲处，周围栽着槿树，形成了一道整齐、严密的屏障。词人用这槿篱与曲溪，装点了茅舍的优美环境。"鸡犬自南自北"又迈进一步，由视觉转为听觉描写，词人听到鸡犬之声时断时续地从茅舍的南边和北边传来。如此描述，动静相宜、相得益彰，为村舍增添了许多生活气息。

　　紧接着视野由大变小，从整体到局部，"菰叶长，水葓开，门外春波涨绿"，此句为茅舍周围环境增添了更加绚丽多彩的景致风光。菰，俗称茭白。如今水边茭白的叶子已经长大，茭白也可以采来做成美味的菜了。那水蕣即红草，叶呈红色，也已开放，水蕣花儿争媚斗艳，甚是美丽。"门外春波涨绿"，大雨过后水涨池满，门外池塘里积满了春水，新长出许多水草，水面上漂浮着树叶和花瓣，满池春水碧波荡漾、春意盎然。如此美丽景象怎能不叫人心醉神驰。

最后一句，"听织，声促，轧轧鸣梭穿屋"，由景及人，从视觉描写转为听觉描述并引发词人丰富的想象。词人站在茅舍之外，虽然看不见那位忙于织布的农妇形象，但她那"轧轧鸣梭"的急促的织布声，却从房屋里传到了外边。"声促"的"促"字，用得恰到好处，我们仿佛看到茅舍内勤劳的织布妇女辛勤地劳作着，一根一根纺线上上下下来来回回穿梭，织出一排密密麻麻厚厚实实的布。

在这首词中，词人以白描的手法，描绘了一幅静中有动、安详又忙碌、和谐秀丽的水乡农家图，令人读来有一种清新爽快之感。从"门外春波涨绿"中的"春波"二字可以看出，词中所写的应是春天里田园、村舍的大好风光。春水绿波、曲溪澄碧、槿篱环绕的茅舍中传出了织布的声音。小词内容丰富，有景有声，虽无一字描写人物，但从井然有序的庭院景物及织机声，可以想见男耕女织的勤劳情景及水乡农事繁忙的景象。全词朴素明快、轻快活泼，具有浓厚的生活气息。

反观当今现代人的生活，一生忙碌奔波疲于生计不得闲，难得安静下来倾听自己内心真实的想法，有时真心希望重归古时农舍生活。农夫山泉、有点田，所需仅此而已。每日磨刀霍霍砍柴，煮饭，农忙时播种收割，闲暇时吟诗作对，生活忙碌又悠然。19世纪美国作家梭罗不也是特此远离闹市，在康科德附近的瓦尔登湖隐居三年，写出了经典名篇《瓦尔登湖》，引发多少人希望自我放逐回归田园的共鸣。但对于绝大多数人来说，这也只能成为一个美好的愿望。海子毕生都以祖国、农村、大地、劳苦的人们为题，沉溺在自己创造的诗歌理想国中，但仍无法超越内心的绝望与悲哀，看不到生的希望。谁又真的能面朝大海春暖花开呢，谁又能成为第二个李叔同呢。如今也只能借词寄情、借笔书怀了。

《渔歌子》：湖光秋色兼月下美景

《渔歌子·草芊芊》·孙光宪

（一）

草芊芊，波漾漾，湖边草色连波涨。沿蓼岸，泊枫汀，天际玉轮初上。

扣舷歌，联极望，桨声伊轧知何向。黄鹄叫，白鸥眠，谁似侬家疏旷？

（二）

泛流萤，明又灭，夜凉水冷东湾阔。风浩浩，笛寥寥，万顷金波重叠。

杜若洲，香郁烈，一声宿雁霜时节。经霅水。过松江，尽属侬家日月。

总觉得花间词属于女性文学中的一种，其中包含着许多脂粉气息，女子圆润纯熟的味道，连景色描写亦不例外。然而孙光宪的词却意境开阔、体格恢弘。

这两首词所描写的都是湖边月夜的景色和舟人自得其乐的情趣。词人捕捉美好动人的自然音响、色味，构成一种清幽迷离的自然境界。另一方面，写舟人的悠然独往，并且以舟人和自然相依相得、安处无争的关系，代替了世间名利角逐的关系，从而进入了一种"谁似侬家疏旷"的精神境界，表达了士大夫文人厌倦功名、欲求解脱的典型心理情绪。汤显祖如此评价这两首词："竟夺了张志和、张季鹰座位，忒觉狠些"（《唐宋名家词选》引）。张季鹰因思吴中菰菜羹鲈鱼烩，弃官而归；张志和自称"烟波钓徒"，而"志不在鱼"，这些都是表现士大夫文人隐逸情趣的典型事例。而这两首《渔歌子》可以说是最早也最集中地表达士大夫文人这种独特精神气质的词调了。

在第一首词中，词起开头"草芊芊，波漾漾，湖边草色连波涨"，纤纤细草在其笔下也好似一身材苗条但又肤如凝脂的女子，读者仿佛还能看到女子行走时纤细的腰肢、苗条的身段一摇一摆。紧接着，"天际玉轮初上"，词人将月亮比喻为"玉轮"，不知词人眼中的月亮是晶莹剔透的玉兔还是宛如凝脂的美女嫦娥呢？景色描写过后，词人转为四周动静声响方面的描述，并由声响产生一些想望，"扣舷歌，联极望，桨声伊轧知何向"，"黄鹄叫，白鸥眠，谁似侬家疏旷"。此首词襟怀开阔，标格清远，正可用"谁似侬家疏旷"来概括。

第二首全词描写清秋月夜，泛舟云水松江。放眼四顾，万顷金波尽收眼底，天地万物皆入胸怀。除最末一句外，全词写景，只从"尽属侬家日月"句中把诗人的思想感情淡淡地透露出来，给月光笼罩下的清冷的画面涂上了一层感情色彩，表达了对战乱社会的不满和对隐逸安定生活的向往。

首句描写苍凉如水的黑夜中泛着流萤，"明又灭"，耳边"风浩浩"，"笛寥寥"，叠词状描述为景象增添了圆润优美的味道。由点及面、由近至远，词人眼前突然展现一幅"万顷金波重叠"浩然华美的景象，辽阔江上的水竟如金色的波浪一样一层一层重叠起来。

紧接着，"杜若洲，香郁烈，一声宿雁霜时节"，原野江洲中的水恍如杯中的酒一样香醇浓烈，"宿雁霜时节"更为此增添浓郁之感。金杯盛美酒，笛声载佳人，流萤相伴随，好似秦淮河畔一幅歌舞升平的华美景象。

最后词人"经雪水，过松江，尽属侬家日月"，犹如词人此生过金

汤、经春城，访遍人生华美景致。

在这首词中，辽阔的东湾、浩荡的江风、寥寥的笛声、澄澈的金波、惊霜的宿雁、明灭的流萤，这些本是远韵的自然之景，现在又出之以自然，如机发矢直，涧曲湍回，颇具风力，读来走云连风。

词人使用诸多叠词——芊芊、漾漾、浩浩、寥寥，颇具圆熟的味道。人自出生，最先使用叠词是在幼儿时期，从开口叫第一声"妈妈""爸爸"开始，其中包含着太多娇柔可爱的成分。女子嗔言嗔语撒娇时也会使用诸多叠词，长期在花间侵染过的词人自是谙熟此类语言，文风也深受花间景致与花间语言对白的影响。

从花间词本身来说，其所选景致事物颇具珠圆玉润之感，画面色彩也是异常的艳丽华美，比如本词中"玉轮""黄鹄""白鸥""流萤""金波""雪水"。所有的景致事物经词人笔墨的渲染，都笼罩在黑夜里的风花雪月中，恍若镀上了一层金光闪闪的薄纱，散发着金银玉石般华美的光泽与绵绵不绝的暗香，充满了奢华的物质感受。但华丽的背后总是无尽的苍凉，词人或是词人笔下的女子对奢靡生活的追求，即那种物质欲与情感欲两相呼应，情感欲若无法满足便只能对景生情、孤单落寞、形影自怜。两人相亲相爱卿卿我我沉溺时，一切自是一番和美的景象。但更多的是别离，周围的景致事物尤其衬得女子内心的孤寂荒凉。自然，多有花间词描写女子孤寂悲苦、情感无处依托的景象。读者从本词中"泛流萤，明又灭，夜凉水冷东湾阔"也可些许感受到此种孤寂悲凉。

《虞美人》：怎堪离愁苦恨多

《虞美人·红窗寂寂无人语》·孙光宪

红窗寂寂无人语，暗淡梨花雨。绣罗纹地粉新描，博山香炷旋抽条，睡魂销。

天涯一去无消息，终日长相忆。教人相忆几时休？不堪桩触别离愁，泪还流。

傍晚，窗外天气暗淡迷蒙，闺房中一女子寂静地孤坐着。她美丽的脸上神情落寞，泪水纵横，就像一枝带着春雨的梨花。正如白居易《长恨歌》中所描述，"玉容寂寞泪阑干，梨花一枝春带雨"。

女子满怀心事，刺绣粉描着织物上的花草动物，晚上的时间一点一点地过去，香柱上盘绕的香灰一圈一圈剥落下来，女子依旧心事重重毫无睡意。是什么惹得此女子如此悲伤惆怅？

"天涯一去无消息，终日长相忆"，原来如此，女子日日夜夜思念着远方的情郎，只可惜情郎薄幸，"天涯一去无消息"，让人思念愁断肠。

情郎远在他方啊，什么时候能归来呢？女子不禁悲叹，"教人相忆几时休"。在古人眼里，人生最大的悲哀莫过于生别离，因为有些别离可能就是永别。也许情郎此后都不再归来，女子想到这，"不堪桩触别离愁，泪还流"。也许此女子过于痴情，相忆便是一辈子。只可怜了此女子，一生为

情愁断肠。也许此后识得其乃薄情郎，值不得终日为他想念伤怀。不过女人天生为爱而生，何日碰到另一位相爱的男子，又会奋不顾身地投入到另一份感情中。也许又是一位薄幸郎。如此，女子如飞蛾扑火般一次次去爱、被伤害，为情伤痕累累，最后孤苦终身。

古代男尊女卑，女子作为男子的附属品，长久被束缚，只得在感情上进行期许，期许过多便化为怨。古代闺房女子最善于怨，花间词描写闺怨女子的感情，亦是如此。外国人很多不懂为何中国古代爱写闺怨词作，不懂她们何以终日守在空房里虚耗青春，不懂她们这般顺从是为何故。他们无法明白古代女子为爱人而生的怨，其实是带了一种甘愿。爱一个人，就是要能心甘情愿地服侍他，因他的快乐而笑，为他的苦恼而悲；视他如己，待之又更胜待己。如此的甘愿却是她们心中至高的爱情美德，怨多只因情更多啊。怨不得此等精灵似的人物，命运却总坎坷。大抵佳人命薄，自古而然，断肠独斯人哉。

《红楼梦》中林黛玉不正是如此，为爱而生为爱而死，宝玉终究辜负了黛玉的一片痴情。"花谢花飞花满天，红消香断有谁怜"，"闺中女儿惜春暮，愁绪满怀无释处"。

自古爱情便是人类文学永恒的主题。我们讴歌美好的爱情，赞美那些为爱而生为爱而死的人儿。人生也许爱过那么一次便已足矣，比如《孔雀东南飞》中刘兰芝与焦仲卿的感情，《西厢记》中崔莺莺与张生的感情，梁山伯与祝英台的感情等。但若男人薄幸，女人这一生就尤得悲惨，比如遇人不淑的杜十娘，忘恩负义抛弃妻子的陈世美。

古代男子三妻四妾，一个女人生命中可能只有一个男人，而一个男人生命中可能会有许多的女人。男人的三心二意、移情别恋自是对女人异常的残忍，黛玉那般多愁善感、那般对爱情忠贞，自然忍受不了宝玉的多情，最后因肺结核咳血绝望而死。"问世间情为何物，直教人生死相许"，"其间旦暮闻何物？杜鹃啼血猿哀鸣"，是多么令人悲伤哀痛至深之情。

《虞美人》：谁知闺中女儿情

《虞美人·好风微揭帘旌起》·孙光宪

　　好风微揭帘旌起，金翼鸾相倚。翠檐愁听乳禽声，此时春态暗关情，独难平。

　　画堂流水空相觑，一穗香摇曳。教人无处寄相思，落花芳草过前期，没人知。

　　微风吹帘而起的时候，阳光洒在窗台上，正可见湖边春水荡漾，一对金色翅膀的鸾相互倚靠着晒着太阳望向远方。词的开头便是一幅多么美好的画面。还可见翠绿色的屋檐，断断续续听到窗外鸟禽的叫声。只可惜一个"愁"字将美好终止——原来一位闺中女子因景生情却不知如何排解："此时春态暗关情，独难平"。

　　画室房中，挂在墙上的一幅画中流水潺潺，孤单的一只鸟，还有一棵弯曲的麦穗，像是在随风摇曳。

　　女子见此，顿生无限伤感与惆怅，此情"教人无处寄相思"，只因"落花芳草过前期"，怎奈得"没人知"。她此刻的感情也许正如《红楼梦》葬花词中的一句"闺中女儿惜春暮，愁绪满怀无释处"。

　　此等闺情，谁人能知谁人能解，自是让她愁苦万分，感慨青春岁月流逝而情郎还未出现在眼前。

确实啊，时间对古代女子来说是多么宝贵的东西。成年后的女子若是未遇到心爱的男子，便只能以媒为介嫁做他人妇了。也许一辈子为人生子、服侍丈夫公婆，从来没有感受过爱情的甜蜜。想想如此度过这一生，是多么的残忍。

除去生活外，女人无非需求美和爱而已。女人在青春年月里最为清纯美丽。女人为爱而生，却没能在自己最好的年月里碰到合适的人，自然令其伤感惆怅。她不过是想，心上人啊，你我相逢在最好的时光，留下最美好最珍贵的回忆，即便不能一生相伴相依，也不枉此生。

也许青春芳华的闺中女子都会感慨岁月的流逝，生怕自己老去。也许老本身并不可怕，可怕的是在其青春年月里，梦中人还未出现，时光便一去不复返了。待到年迈时，独自悲叹已经老去的容颜，不曾有过爱的青春岁月，老了连美好回忆都没有留下，这是多么凄惨的一件事。叶芝写过一首广为人传的诗《当你老了》，其中的两段写出了青春与爱情相依相连的关系：

"多少人真情假意，爱过你的美丽，爱过你欢乐而迷人的青春，唯独一人爱过你朝圣者的心，爱你日益凋谢的脸上的哀戚。当你佝偻着，在灼热的炉栅边，你将轻轻诉说，带着一丝伤感，逝去的爱，如今已步上高山，在密密星群里埋藏着它的赧颜。"

神明啊，就请让她在最美好的时光里遇见一位心仪的男子吧，两人相亲相爱互相珍惜彼此，也不虚此生一场吧。正如《女儿情》歌中所唱："鸳鸯双栖蝶双飞，满园春色惹人醉。悄悄问圣僧，女儿美不美，女儿美不美。说什么王权富贵，怕什么戒律清规，只愿天长地久，与我意中人儿紧相随。爱恋伊，爱恋伊，愿今生常相随。"

《何满子》：无望的救赎

《何满子•冠剑不随君去》•孙光宪

冠剑不随君去，江河还共恩深。歌袖半遮眉黛惨，泪珠旋滴衣襟。惆怅云愁雨怨，断魂何处相寻？

你走了，日常所用的衣冠和宝剑不曾随你而去。我看着它们，想起了我们往昔的恩爱深如江海。可是如今只有我的悲伤、孤独，沿着思念你的歌声，浸染着沾满衣襟的泪。惆怅的时候觉得云雨都是愁容，可是，到哪里才能将你找回？莫非真是"上穷碧落下黄泉，两处茫茫皆不见"？

这首词关乎两个女人。

第一个女人叫做河（何）满子。她是沧州的歌者，天生一副好嗓子。她也有幸，生在大唐最辉煌鼎盛的开元年间。那时，有文人与歌伎浪漫的爱情，也有唐明皇与杨贵妃忘年的恋情；有天下最豪迈逍遥的狂客李白，也有风情万种的姬妾。生活好像是一个童话，到处是歌舞升平，只要想的到，便能实现。

那时的河满子，也应该是一个充满魅力的女人，她是歌者，喜欢在万人热切的目光与呐喊中登上为她一个人准备的舞台。她头戴银饰，身披彩衣，歌喉里冲出的天籁之声仿佛展翅的凤凰冲上云端。她喜欢别人仰慕她的眼光，她是骄傲的，也因此天真。

可是，有一天她犯事了，判决下来，居然是死刑。仿佛一个惊天霹雳，她不相信这个美好的世界怎么突然冷冰冰起来，痛彻心扉得仿佛三九天的浮冰。她苦苦哀求着，放自己一条生路。可是等到临刑时，仍不见免死的希望。她看着刽子手明晃晃的大刀，想象着自己的头滑落舞台，鲜血直窜上苍天。她打了一个寒战，茫然地看向四周围观的人群。那里，依稀有熟悉的面孔，是她的恩客，她能捕捉他们脸上的惋惜以及躲闪。

生，终将是多么难。可是，她还有她的歌喉。她愿意以此赎死。长官，她望向监斩官，请让我最后再唱一曲，请您听听我那从心底传来的渴求生还的心愿吧。一曲《何满子》，仿佛知道是最后一次歌唱，她的声音发颤，苍凉却又悲壮，曲子里充满了她的悲、她的怨，以及她的渴求。可是，可是，她终于亲眼望见了那块写着"斩"字的令牌滑落，她的眼前顿时黑暗。

这个女人死去了，后世却因此流传了一种曲子，这便是《何满子》。白居易有诗云："世传满子是人名，临就刑时曲始成。一曲四词歌八叠，从头便是断肠声。"

歌声断肠，人也断肠。不曾想到，多年之后的另一个女人也遭受了同样的命运。王灼在《碧鸡漫志》里写道："孙光宪《何满子》一章云：'冠剑不随君去，江河还共恩深。'似为孟才人发。"是的，这首词便是为悼念孟才人所写。

孟才人是唐武宗的才人。她应该是花季少女时进宫的吧，有梦想，踌躇着自己选秀得宠，有朝一日也能麻雀飞上枝头变成彩凤凰。她应该是听说过皇后娘娘的后宫威仪，甚至在深宫的多少年里也见识过娘娘的脸色。因为得不到，所以分外珍贵。她知道，多少女孩子拼了命地往这个位置爬，哪怕脚下已是白骨皑皑。

可是她错了，其实在皇上病重时，她早就应该想到自己的结局。夜晚，躺在幽暗森冷的深宫里，床边没有这个天下都掌控在自己手里的男人，她可曾听到了冷宫里的呜咽？

张祜《咏何满子诗》自序云："武宗疾笃，孟才人以善吹获宠者，密侍左右。上目之曰：'吾当不讳，尔何为哉！'才人指笙囊泣曰：'请以此就缢！'上恻然！复曰：'愿对上一歌以泄怨。'乃歌一声何满子，气噎立殒！上令医视之，曰：'肌尚温，肠已断矣。'"

她是以擅长吹奏得宠，她清晰地记得君王望向她的眼神，娇腻的宠爱。他贪恋着她的脸、她的唇、她莹白柔弱的玉手轻轻按在笙管上的优雅，他是她的帝王，也是她的天下。

可是，他病重了。她不忍看他渐渐消瘦的脸庞，她只想用音乐来安慰他。

那日，他看着她，说："我不久便要死了，可是，你准备怎么办呢？"

她心惊地望着他，她看到了他眼里深深的悲哀。她绝望了，她知道等待她的结局便是殉葬。她忍不住哭泣，毕竟，她还年轻，人世间的美景还有很多没有看过。只是，再也没有机会了。她抱着笙囊说，"就让我用它自尽吧，死后我也能常伴陛下左右。"

他是多么的不忍，看着她哀痛的样子。可是，他更不想自己的女人与自己长久别离。

她哀泣着，她以为他会放她一条生路，她知道他是多么的爱她。甚至，她幻想起那个大唐都畏惧的女人——武则天，那个有机会通过道士修道重新掌握天下的女人。只是，她没有了那种福分，她看到了他眼里的决绝。

她想起了何满子，依稀是这样的场景，然而，那个可怜的女人终究也不能免死。正如今日的她！陛下，请让我再为你歌一曲吧。

她敛容整装，一声《何满子》，哭断泪人肠。原来，爱一个人终究是自私的，自私到不顾生与死。歌未完，人已亡。太医上前，肌肤尚有余温，只是肠子已经断了。是呵，如何能不断，被自己最心爱的人逼死，如何能不痛。

"故国三千里，深宫二十年。一声何满子，双泪落君前。"——张祜《何满子》

君王啊君王，如果九泉之下，你我再相见，你可曾有丝毫悔恨？

《谒金门》：留得住人，留不住心

《谒金门·留不得》·孙光宪

留不得，留得也应无益。白纻春衫如雪色，扬州初去日。轻别离，甘抛掷。江上满帆风疾。却羡彩鸳三十六，孤鸾还一只。

女人，是一种特殊的动物。明明心里喜欢，嘴上却不承认。生气的时候，男人一句讨好的话，女人便破涕为笑。爱的时候肯为男人付出一切，恨的时候又恨不得男人立即消失。说到底，还是爱的越深，恨的越深。

这首词中的女人在说：你还是走吧，我留不住你。就算留住了你的人，也留不住你的心。心里的着急憋在嘴里，拧在一起的眉头恨恨地盯着眼前的男人。女人知道，自己终究留不住他，可是说出来的话偏偏是心里最不想说的，未免像盘里蹦出的豌豆瓣里啪啦地乱砸。你看你穿着雪白的苎麻春衫，俊俏的脸庞那坏坏的笑，又想勾引哪家姑娘？你从扬州离开我的那天，根本就不顾及我的感受。你轻率地就说再见，抛弃我简直比丢掉垃圾还简单。你坐的船跑得飞快，好像生怕我追来一样。可是，我的男人，你难道没有回头望望，那座你离开的堤岸上有一个女人痴痴地望着江上，羡慕着无数水中嬉戏的鸳鸯，想象着自己便是那个没有伴侣的孤鸾一只。

这首词，李冰若在《栩庄漫记》里评价说："字字呜咽，相思之苦，漂泊之感，使荡气回肠，百读不厌。"

这个男人跟女人应该是真心相爱的吧？他们也曾花前月下，你侬我侬。可是，有些男人注定漂泊，他唯一停下脚步的时候便是他死的那天。

就像作者孙光宪，生于蜀地，本农家子，读书好学。想必也曾想着效仿诸葛亮的鞠躬尽瘁死而后已，来辅佐汉家正宗后代的刘蜀政权。可惜，对的人碰上了错误的时间。孙光宪大约生于895年，那时的大唐已经是大厦将倾，扶不起来了，而后来统一全国的赵匡胤还没出生，整个中国到处是节度使割据，一片惨淡。

面对着如此凋零的局面，孙光宪并没有灰心，他不苟安于天府之国，到处游历，逛逛巴蜀，翻翻秦岭，甚至跟凤城东谷一带的土匪攀攀交情，那个名词叫"考察民情"，玩的是不亦乐乎 后来四川地区又有了伪蜀政权，孙光宪因为是文化名人，威名远播，也被光荣任命为陵州判官。干就干吧，他这么想着。可惜，伪蜀的君主似乎不这么想，925年，前蜀就被后唐灭掉了。

那时的孙光宪正值三十多岁的壮年，但是作为前蜀的旧吏，巴蜀是没有他的立脚之地了。这次，孙光宪干脆远走天涯，避难江陵。可是，在江陵的几年里，孙光宪也是在幕府工作，未免有点郁郁不得志。他常常对知交说："宁知获麟之笔，反为倚马之用。"意思是说，我有绝世的好文笔，可是我这匹千里马，却没有识货的伯乐，始终在幕府里埋没着。看得出来，孙光宪的内心是委屈的。

可以说，一个男人，如果没有事业上的归宿，那么他的感情也是浮萍。而孙光宪便是这样一个男人，他所作的一些男女情爱的词作中，也兼有他自己的政治隐喻，例如"蕙心无处与人同"，流露出孤芳自赏、曲高和寡的无奈；"玉炉寒，香烬灭，还似君思歇。翠辇不归来，幽恨将谁说？"则更藉男女之思暗喻君臣之意，隐晦地表达自己哀悼前蜀灭亡的心情。

而这首《谒金门》呢？我想，一个像孙光宪这样饱读诗书、心忧天下的文人，哪怕长得不英俊，可是满脸的风霜也能露出点男人的成熟之美。孙光宪为了事业到处游历，心喜他的女人应该也不在少数。只是，正如上

文所说，这个没有事业之根的男人是注定要漂泊的，只是可怜了那些多情的怨女们。

"轻别离，甘抛掷"。也许，那个船头上站着的男子心里并不轻松。他知道，岸上的女子是他一生所爱，只是或许此地不易容身，或许人在江湖，身不由己。而爱情，也正如那些花开，灿烂了一时，可灿烂不了一世。

吴梅在《词学通论》中评孙光宪的这首《谒金门》，说："即如此词，已足见其不事侧媚，甘处穷寂矣。"他不得不甘处穷寂，此身尚不得顾，又怎能连累爱自己的女人。

想必，当女人忍不住在骂孙光宪没良心的时候，他的心里应该是甜蜜并且苦涩的。甜的是爱情，苦的是现实。而人世间的一切爱情，大抵也是如此。

《菩萨蛮》：寂寞空闺守春色

菩萨蛮《菩萨蛮·溪山掩映斜阳里》·魏夫人

溪山掩映斜阳里，楼台影动鸳鸯起。隔岸两三家，出墙红杏花。

绿杨堤下路，早晚溪边去。三见柳绵飞，离人犹未归。

魏夫人，名玩，字玉汝，北宋女词人。乃曾布之妻，魏泰（著有《临汉隐居诗话》、《东轩笔录》）之姊。魏夫人的文学创作在宋代颇负盛名，朱熹甚至将她与李清照并提，他认为："本朝妇人能文者，唯魏夫人与李易安二人而已。"（《词林纪事》卷十九）虽说在过去，人们认为女子无才便是德，但是偶尔出了一个才女，也必然觉得真是凤毛麟角，难能可贵。

曾布是曾巩同父异母的弟弟，参与王安石变法，后知枢密院事，为右仆射，也就是右丞相，魏氏以此封鲁国夫人。她的词多写离情别绪，如《好事近》里的"不堪西望去程赊，离肠万回结"，《菩萨蛮》中的"何处是离愁，长安明月楼"，这大概是因为曾布在吕惠卿、章惇、蔡京先后当政时多次贬谪在外，她思念丈夫而引发的无限惆怅。

这首《菩萨蛮》是望远怀人词。整篇景物都是围绕"溪"展开的：溪水另一边的远山掩映在斜阳之中，作者所在的楼台在碧水中的倒影被鸳鸯飞起搅动的水波扰乱。"鸳鸯起"所扰乱的，不仅仅是水波，更是她满是相思

离愁的心。那双宿双飞的形象，反衬着自己一个人的孤独。所以这首词第二句就将全景写活了，且反衬作者独处闺楼，被挑起了怀远离思。

现在人们用"红杏出墙"来形容女人婚外情，殊不知当年出墙的红杏被魏夫人用在表达如此离愁怨绪的词中。溪水对岸稀稀落落的，是两三个人家。高墙关不住春色满园，红杏枝头的春意漾出墙外来。那红杏是不是像自己一样，伸出头来盼望着远行的人早日归来呢？还是觉得自己最美好的年华太寂寞，希望更多人知道她曾经存在过？红杏尚可以出墙显露美色，人却不如红杏，没有这样的自由。满园的春色，只恨没有游人，寂静无声，任岁月恣意践踏至荒芜。红杏所表达的，不仅仅是春意的盎然，更是独守深闺寂寞难耐的怨恨。

关于红杏的诗词，在中小学语文课本里，我们就已经背诵过南宋叶绍翁的《游园不值》，诗中有"春色满园关不住，一枝红杏出墙来"之句，备受人们称赞。而魏夫人此句，早于叶诗，也许叶绍翁写那首诗之前，是读过魏夫人的这首词的，毕竟当时魏夫人也算得上是个名人。可惜古代人的诗词写作不像当今发表学术论文，必须注明参考文献的出处，所以这也只能是臆测，无从考证了。

因为怀念丈夫，她每天清晨和傍晚都会沿着溪边的林荫道散步，因为这里正是当年送别之地。杨柳又为赠别之物，尤易触发离思。日复一日，年复一年，这定时的散步都已成了习惯，对他的思念也已经成为习惯。柳絮已经飘了三次，过了三个春天，离人却还没回来。古时"三"可以表示数量多，解释为多次亦讲得通。不管是三年，还是更多年，这首词所表达的殷殷思念之情感人至深。

绿堤深处，杨柳奏着离歌。因为爱，时时刻刻盼着鸿雁传书的到来，缩短遥遥时空的阻隔。在没有他的岁月里，把一个人的生活，当作两个人来过。

《菩萨蛮》：与君同销万古愁

《菩萨蛮·劝君今夜须沉醉》·韦庄

劝君今夜须沉醉，樽前莫话明朝事。珍重主人心，酒深情亦深。

须愁春漏短，莫诉金杯满。遇酒且呵呵，人生能几何。

自古文人就与酒结下不解之缘，从晋代醉卧竹林的刘伶到酒后挥笔作诗的李白，似乎不喝点儿酒就少了一丝文人应有的感觉。就好比今日的文艺青年手里总要夹根烟。

韦庄身为前蜀高端文艺青年（彼时是丞相），喝酒除了应酬，更有酒后余兴填词节目，于是有了这首《菩萨蛮》。

主人热情地劝酒：你今晚可一定得喝倒才算数，喝酒的时候就不要管明天了。于是我放下昨日放下明朝，珍惜主人对我的情意。感情深，一口闷，啥话也不必多说，都在酒里了。千万要记得时间一去不复返，留给我们自己娱乐的时间少得可怜，所以不要再推辞说酒杯倒得太满——多喝一杯又如何？既然是要一醉方休，就且在有酒喝的时候尽情畅饮。人一生中又能有几回这样与友同饮同醉的机会呢？

刘伶被罢免后把喝酒作为主要职业，据说刘伶让仆人扛着铁锹跟着他走，等到他在哪里醉死了就地埋了就成，实在洒脱得很。然而这种喝法明显

是朝向不要命这一目标狂奔的。

不管得意还是失意，李白都执著地与酒结伴。有"我醉君复乐，陶然共忘机"的悠哉，有"醉来卧空山，天地即衾枕"的自在，也有"五花马，千金裘，呼儿将出换美酒"的激荡。

无论是否天生爱酒之人，想要一醉方休的，要么是因极度欢喜，要么为了极度伤悲。醉酒让欢欣达到巅峰，醉酒也能让人忘却难忍的伤悲。

韦庄醉酒为哪般？身为蜀地帝王丞相，倾国之权在手，据说开国时候所有制度都是韦庄定的，那么这个官他做得爽不爽？

一个人过得舒服与否一定与他所处理的人际关系有关。那么最简单的，我们不妨看看称帝的王建对他如何。史书没有正面记载，但我们可以从其他角度入手。比如，王建对知识分子的态度。

虽然有史书称王建礼贤下士，善待文人，但作为一国之主，他仍旧不喜欢文人借诗文对他的时政挑刺儿。差不多跟韦庄同时去蜀地侍奉他的张道古就是个喜欢写诗给皇帝挑毛病的主儿。当初给唐昭宗打工，张道古上书给大唐挑毛病，皇帝怒了：你不满意是吧，那你走。张道古走啊走，到蜀地观察了一阵，不久就再次热血上书，跟王建说，主子你这里不好那里不行。他是真想当魏征，王建却真不是李世民。唐昭宗好歹给张道古留了一条命，到王建这儿就没那么好的待遇了——史书上说"帝遂诛之"，就是直接被干掉了。

王建是个什么样儿的人呢？史书上说，王建祖上是做饼的，想必又累又苦，还挣不了几个钱。王建年少时候就毅然决然抛弃了这个没有前途的祖传职业。他干嘛呢？宰牛、偷驴、卖私盐，哪一样儿都比祖上挣得多。然而这些都不是正经事，于是乡邻提起这人就一脸嫌弃，称之为"贼王八"。后来王建参军，大概在他眼里杀人跟宰牛没多少差别，于是混了个骁勇善战之名，最后慢慢做到有能力开国称帝。但是，王建始终不识字，是个文盲。在他面前拽文岂不是让他羡慕嫉妒恨？结果可想而知。

不知道韦庄与王建是何种相处模式，但这个自小以与杜甫同乡为荣、把杜甫当作自己的偶像，同时又不遗余力地学习白居易的文人来说，即使短时间内可以做到和平共处，时间长了总会有这样那样的不如意。

蜀地安乐能长久吗？人生尚且苦短，韦庄以七旬高龄身居要职，又能有几时是欢乐的呢？于是在主人劝酒的时候，他便半推半就地接受了。从眼前主人把酒言欢之乐到不再推辞、决定沉醉不论明朝事，这一从喜转换到悲的过程，恐怕就是韦庄百转千回、不能明白诉诸言语的心情，在一杯又一杯美酒酝酿下，在身为好友的主人深深了解韦庄之所苦并隐晦地劝导下，一步一步催生出来的结果。

不是我不说，而是太多话不能说。我不能诉说自己的痛苦，你同样不能用明明白白的语言来劝慰我。但是你斟满了我面前的酒杯，你说今朝有酒今朝醉，我想，你果然还是知道我所思所虑、所苦所哀，于是我一笑呵呵，接过你手中的酒杯，且与君同销万古愁。

《摘得新》：酒色间的狂欢

《摘得新·酌一卮》·皇甫松

　　酌一卮，须教玉笛吹。锦筵红蜡烛，莫来迟。繁红一夜经风雨，是空枝。

　　皇甫松自号檀栾子，是唐代散文家皇甫湜的儿子，也是牛党领袖牛僧孺的外甥。按说，皇甫湜曾做过工部侍郎，皇甫松也应该仕途顺当，毕竟老子英雄儿好汉嘛。可惜，皇甫松生活的年代，曾经不可一世的唐政权早已江河日下，再也不复昔日辉煌。而在这国家危难之时，权臣当道，举国哀民，皇甫松也自有着文人的铮铮铁骨，不屑与权贵斡旋，于是科举不第，终身布衣。这造就了皇甫松抑郁、落寞的心境，在家国命运、自身经历的双重打击下，他也在寻求发泄。于是，酒便成了好东西。

　　这里主人已经为客人斟满了一杯酒，歌宴上当然少不了美女吹玉笛的音乐伴奏。富丽的盛宴，鲜红的蜡烛，狂欢，升平，如此良辰美景，莫要辜负。快来喝酒吧，人生得意须尽欢。可是，美好的东西往往灿烂在刹那间。正如姹紫嫣红的繁花，经历了一夜风雨，便悄然陨落，只剩下空荡荡的枝头独自叹息。

　　皇甫松也应该叹息，他的亲戚牛僧孺当年科举时是他的父亲皇甫湜和韩愈亲自提拔的。那个时候进京赶考的学子喜欢把自己的文章先让主考官看看，一来是让考官加深对自己的印象，二来有两把刷子的人才便可率先得到考官们的赏识，使自己的仕途更加平顺。唐代诗人朱庆馀曾写过一首诗："洞房昨夜停红烛，待晓堂前拜舅姑。妆罢低声问夫婿，画眉深浅入时无？"乍看，跟科举无关，是新娘子画眉的故事。可是，这首诗却有着深意，是朱学子借新娘子的口吻来问主考官张籍：我眉也画了，能跟上潮流吗？潜台词便是——我能考上吗？

当年，牛僧孺来到长安赶考，便把自己的文章让韩愈和皇甫湜批阅，两位先生看了之后欣喜若狂，终于发现了一个好苗子啊，于是这三位相谈甚欢，估计酒也喝了不少。甚至，这两位先生去拜访牛僧孺吃了闭门羹，也对其赏识不误，在牛僧孺家大门上留言，大意是我韩愈、皇甫湜一起来拜见牛先生啦，可惜却没有看到你。结果牛僧孺自然是名声大振，前程似锦，成为唐代著名朋党之争中的牛党领袖，皇甫湜甚至把妹子也嫁给了他。

可是，就是这牛僧孺，正如他所崇拜的汉朝贤臣汲黯一般，刚直不阿。他是进士出身，是凭自己的真本事打出来的天下，上台之后便反对李氏的士族子弟们凭借家族荣耀做官，因此，他自然也反对皇甫松从自己这里走后门考中进士，始终对这外甥不理不睬。无怪乎皇甫松在其《醉乡日月》中便讽刺舅舅，说"松，丞相倚章公表甥，然不荐举"。悲愤之情溢于言表。可见古代还是有很多好官的，想想现在的"我爸是李刚"，一个少主子便如此飞扬跋扈，绝对让古人叹为观止。

可怜我们的皇甫松便这样与做官无缘，终日沉湎于酒色声气中。当然，终日饮酒必也得到酒中真意，皇甫松的三卷《醉乡日月》便津津乐道地谈论饮酒之道和行酒令的玩法。这让我想起了同样处于愤懑中的狂人阮籍，多次拒绝晋朝司马王氏的参政邀请，展示出自己高风亮节的帅哥魅力。可是，让人大跌眼镜的是，这位阮籍最后却向司马氏求得步兵校尉之职，理由是可以喝得军中美酒，可见其对酒之狂热绝对达到了登峰造极的地步。

当然，酒是肝胆，酒是血，酒也是美色。古人宴饮，讲究声、色、韵、味俱全。而这"声色"二字，自也少不得美人。皇甫松在这首《摘得

新》的词中便写道"须教玉笛吹"，有美女作伴，今夕究竟是何夕，也管不了那么多了。锦筵红蜡烛，佳肴、美酒，红彤彤的蜡烛照亮的是谁的脸？想必主人也已经欢醉，客人必定也在"快喝快喝"的催促中尽兴，而歌舞狂欢、陪伴饮酒的美人更是脸蛋娇艳如三月桃花。

可是，主人的心呢？——繁红一夜经风雨，是空枝。再灿烂的桃花也有落尽泥中碾成灰的时候，再漂亮的美人也有"美人自古如名将，不许人间见白头"的那天。这大唐的偌大基业都将要日薄西山，更何况我们的酒宴？也终究会有曲终人散的一刻吧。

记得《东邪西毒》中那个冷艳美丽的嫂子，终究是没能嫁给自己喜欢的男人。她一直以为自己是赢着的，等到老去的时候才发现根本是自己错了，在自己最美好的时候心爱的人不在身边。赌气、猜疑、输赢，难道比相爱的人厮守在一起还要重要吗？而这漫长的人生，尽管最后要繁花落尽，尽管最后要美人黄土，可是，也终究需要人生得意须尽欢的时候吧。

《梦江南》：潇潇夜雨，人已不在

《梦江南·兰烬落》·皇甫松

兰烬落，屏上暗红蕉。闲梦江南梅熟日，夜船吹笛雨萧萧，人语驿边桥。

江南的雨是灵动的，柔情蜜意的，不似北方的雨——要么仿佛令箭似的直流而下，要么就是几滴眼泪，来不及抹去便早已干涸。江南的雨黏黏的酥软的，像极了江南女子的柔美，从天上飘来便笼罩了整个城镇。它们洒在曲折悠长的小巷子里，那从屋檐兽嘴里涧落的雨滴惊醒了谁的春梦？它们袅娜地缠绕在江边浣洗女的指尖，那从指缝间溜走的雨滴偷走了美人的心绪。雨滴悄然落在江面，打破了江水的静默；雨滴又落在乌篷船的船舱上，呜咽的舱顶发出滴滴答答的声响，氤氲着江南特有的韵味。

皇甫松是浙江淳安人，他生于江南，可是后来长期随父亲定居长安。仕途上的不顺已令皇甫松心烦意乱，抑郁不得志，再加上所居住的长安作为唐王朝的重镇是各派势力争夺的重点，皇甫松整日活在刀光剑影里，自然怀念起江南的温馨与少年时的情怀。

"兰烬"指兰膏灯燃烧后的残灰，鬼才李贺在《恼公》里写有"蜡泪垂兰烬"。此夜，四面无声，兰膏灯燃尽了最后的莹莹烛光，像是一声叹息，画屏上的美人蕉便瞬间黯淡了。这夜，皇甫松梦到了江南梅子成熟的时

节，也是这样的夜晚，江南的雨潇潇而下，仿佛情人之间的絮语，那夜的船儿里满载着悠悠的笛声，而那时的你我还很年轻，缠绵在驿站边的桥下。只听得雨声、笛声环环绕绕，只愿这一刻天荒地老。

皇甫松是不如意的，编《花间集》的赵崇祚在集子里称呼皇甫松为"皇甫先辈"，这固然是敬称。可是，古人当以官衔通称，即使文人也不例外，比如王右丞，杜工部等。史料中"先辈"当是唐代人们对进士的称呼，可是在唐昭宗光化三年，从韦庄上书的《乞追赐李贺皇甫松等进士及第奏》中可以看出，皇甫松应该是进士，即赵崇祚称呼皇甫松为"皇甫先辈"也是应着皇甫老先生进士的的身份。可是，"追封"便是死后才承认其身份，想来皇甫松在生前是多么的落寞及狼狈呵。

于是，才拥有了回忆。记得那首《老男孩》曾经唱道："青春如同奔流的江河，一去不回来不及道别，只剩下麻木的我没有了当年的热血。"皇甫松在江南的少年时光应该是美好的吧，至少还有一个梦中的她，可以一起恩爱，一起在春暖花开或者潇潇夜雨时去闯江湖。只是，毕竟要长大，毕竟要面对现实，理想总是在现实面前不堪一击，脆弱的像嘴里吹出的泡泡。

有人说，人最大的烦恼就是记忆太好。当人沉溺于回忆中的时候，他便已经老去。

这夜，皇甫松已经老了，我相信他在怀念以前的美好岁月时早已泪流满面。这首《梦江南》还有其二："楼上寝，残月下帘旌。梦见秣陵惆怅事，桃花柳絮满江城，双髻坐吹笙。"秣陵，即金陵，便是江苏南京，六朝王气所在。双髻，指代未嫁的少女。这夜，皇甫松早早地去楼上睡觉，等到弦月已经落下帘子，东方将晓的时候他突然醒来。这夜，他梦到了江南。梦中的金陵旧事依然惆怅着他的心房，而在江南春色中，桃花艳丽，柳絮柔柔地飞舞着，他的情人依然像过去那样梳着双髻悠悠地吹着笙，倾诉着自己的少女情怀。这种凄婉、怀念，通过江南的烟絮表现出来，更是增添灵动，那魂牵梦萦的可人儿从记忆深处涌来，温暖了清冷的夜。无怪乎俞陛云在《唐词选释》中说："《忆江南》两词，皆其本体。江头暮雨，画船闻桃叶清歌；楼上清寒，笙管撒刘妃玉指。语语带六朝烟水气也。"

梅雨时节是江南特有的天气，很多文人也曾经流连于此，那软软的雨，那满城飘散的飞絮，点点柔情绕在心田。贺铸在《青玉案》里便写道："一川烟草，满城风絮，梅子黄时雨。"满眼望去都是烟草的绿，风絮的飞舞以及天地间遍布的雨丝。而在这时，便想起了曾经的你。

只是，只是，纵然雨还是那时的雨，我还是那时的我，梦中的情景还是那时风情，可是，终究，你，已经不再。

清人陈廷焯评价皇甫松的词，说："宏丽不及飞卿，而措词闲雅，犹存古诗遗意。唐词于飞卿而外，出其右者鲜矣。五代而后，更不复见此种笔墨。"只怕如此雅致婉约地讲述梦中江南梦中情的人，也早已不复存在了。

《采莲子》：潋滟晴日的少年情事

《采莲子·船动湖光潋潋秋》·皇甫松

> 船动湖光潋潋秋（举棹），贪看年少信船流（年少）。无端隔水抛莲子（举棹），遥被人知半日羞（年少）。

这首小令，不知为什么，让我想起了古龙《七种武器之碧玉刀》里的第一句："春天，江南，段玉正少年。"草长莺飞的江南，处处是生机勃勃的景象，只怕少年的心也是飞了起来吧。正如这首词所写，一大群少男少女，抛却了世俗的礼法，丢掉了尘世的拘束，在这江南的青山绿水间自由地嬉戏、采莲。江南的生活正如孩子的微笑，是活泼、纯真、美好的。

《采莲子》是唐教坊曲名，而其中的衬字'举棹'、'年少'如《词律》所云："乃相和之声。"吴世昌也在《诗词论丛》中说："皇甫松的《采莲子》，则是在七绝的每句下面加两个衬字：即第一第三两句的衬字也相同。由此可知这样的绝句是一些采莲的姑娘们合唱的：有人先唱一句，大伙儿合唱那重复的衬字。另一个再唱第二句，大伙儿又合唱下面的衬字。如此轮流着唱下去。"

那么，这两个衬字又有什么含义吗？吴世昌又云："'举棹'和莲船有关，'年少'与莲子（怜子、爱你）有关。"可我始终觉得，"棹"为划船的工具，与桨相似，那么"举棹"自然与莲船有关，但是这首词当为皇甫松后来回忆年少时的江南生活所作，那么"年少"二字，当是作者想起少年时荒唐岁月的会心微笑吧。

这首词是以一个少女的角度来写的。在湖光荡漾的秋天，一大群少男少女划着船采莲。木浆轻轻掠过湖面，划破了水的银镜。是哪家的少年儿郎生的如此俊俏？少女偷偷地看着这个帅哥，竟似痴了，任凭自己的小船随着流水飘荡。下意识地，少女的心动了，随手采下了几颗莲子，竟隔着湖水抛向了自己的心上人。哎呀呀，动作太大了，被别人看破了心事，弄得少女小脸通红，低头害羞了半天。如此大胆而又腼腆的少女真是憨态可掬，而这样的追求也是一种甜蜜与羞涩吧。周颐在《餐樱庑词话》中便夸奖皇甫松的这首词，说："写出闺娃稚憨情态，匪夷所思，是何笔妙乃尔！"

其实，少女的心玲珑剔透，喜欢便是喜欢，来不得半分虚假。就算害羞，也是少女的天性，情谊却是真的。

而江南的少女，心更是灵动，千百年前《越人歌》中的那名女子："今夕何夕兮，搴舟中流。今日何日兮，得与王子同舟。蒙羞被好兮，不訾诟耻。心几烦而不绝兮，得知王子。山有木兮木有枝，心悦君兮君不知。"——就是在船头遇到了意中人，即鄂君子皙，然后大胆表明心迹，用越语唱了这首歌。而鄂君子皙请人翻译这首歌后，明白了这位少女的心思，便微笑着接受了她的爱。

然而，正是皇甫松成年后长期在北方居住并且怀才不遇的经历才让其更加思念江南的美好生活。皇甫松写的另一首《采莲子》："菡萏香莲十顷陂（举棹），小姑贪戏采莲迟（年少）。晚来弄水船头湿（举棹），更脱红裙裹鸭儿（年少）。"更是塑造了一个活泼可爱的少女，在充斥着莲花香的池塘里嬉闹，玩得不亦乐乎。等到傍晚的时候，这个少女弄得船头湿漉漉的，更是忙里偷闲，脱下了自己的红裙子裹住小鸭。如此天真烂漫的少女简直是人见人爱、花见花开。

那么，皇甫松究竟是哪位？是那个被可爱的少女暗恋的俊俏儿郎吗？想必在采莲的时候他也已经看到了少女充满温情的眼神，只是，少年时的自

尊仿佛不倒翁似的始终压在脸上，也由不得他来半分应和吧？要不然他早已经接过了少女抛来的莲子，拉住了那双温暖、白皙、颤抖的双手。只是，他也终究看透了少女的心事，才会害得相思的她羞红了脸。

可是，皇甫松会不会也是一个害羞的儿郎？就在这跟小伙伴们一起采莲的船上，他看上了一个美丽的姑娘。他的眼神隔着水面盯到了那个姑娘的脸庞。他看着她嬉戏、玩耍，他幻想着她拿着莲子打他，这样便有了知道她姓名的机会。他甚至觉得她已经察觉到他的目光，要不然为何他会发现这个姑娘的脸庞在阳光的照耀下红扑扑的如此娇艳呢。

想必，当皇甫松的心荡漾在昔日江南风光的回忆之河里，那苍老的脸庞也会浮现起少女般的红晕吧？！

《诉衷情》：你可真正知我心

《诉衷情·永夜抛人何处去》·顾夐

永夜抛人何处去？绝来音。香阁掩，眉敛，月将沉。争忍不相寻？怨孤衾。换我心，为你心，始知相忆深。

处于西蜀的花间派词人们，总是对女人观察细致。当然，这帮人生活在偏安一隅的天府之国，又没有帮君王一统天下的野心，似乎除了声色犬马，也没有别的兴趣。

顾夐的这篇《诉衷情》，便是描写闺阁怨女的。那个女子在夜晚的闺阁里孤影独怜，一句"永夜"，更加透露出女子长夜漫漫的孤寂之感。我的负心人，这无尽的夜呵，你把我丢下，又到哪里去了？为什么不给我来信？（古代的通信设备是很落后的，条件好的养信鸽，条件不好的便只能等着驿站的工作人员了。若是放到现在，只怕女人早就一个电话打过去了）我的房门虚掩着，空空的寂静，月儿将要落下了，新的一天又要来临，可我的眉头紧皱，心里真的很难过。我的负心人，你让我又怎么忍心不思念你？我抱着枕头怨恨着没有你在身边的日子。亲爱的，如果把你的心换成我的心，你便知道我是多么的爱你。

爱一个人的感觉，别人始终无法代替。忘记是谁说过的——世界上最美好的事，是你爱着的那个人也刚好爱你。可是我却相信，很多人的爱情来

的浓烈喧嚣，却像盛夏的繁花，处于绝顶之巅，无路可走，亦无路可退，最后只能凋零。或许化为亲情，细水流长；或许便是厌烦，分手了了。

那个汉代当垆卖酒的女人，也曾经是望族的大家闺秀，便因一曲《凤求凰》，爱上除了才华啥都没有的穷小子司马相如。这种爱浓郁、热烈，爱便是爱，不掺杂任何物质因素，我跟着你便是一辈子。想必，文君出走的时候也是幸福的吧，即便是卖酒，即便是风餐露宿，可是心爱的人陪在身边，还有什么不满足的？

可是，当这个穷小子到京城做官后像换了一个人，家书没有，情书更无。再愚笨的女人也知道其中的蹊跷，遑论敏感聪慧的文君。于是，那首著名的诗《白头吟》便出现了："闻君有两意，故来相决绝。"是女人最后的赌气吧？我跟着你，不论贫富，不论名节，而你却这么对我。当初的海誓山盟又飞到哪里去了？你怎能这般负我？可是，女人的心永远是水做的，软软的柔情——愿得一心人，白首不相离。终究是爱着这个男人的吧，又怎么会如此轻易舍弃？她如飞蛾扑火，虽万千人吾往矣。可是，爱情永远不能对换，否则定让他尝尝这痛彻心扉的爱。

而那个风尘中的杜十娘，想必也曾幻想着如红拂一般，碰上乱世英雄李靖，或者同梁红玉一样，巧识将军韩世忠。人们都说婊子无情，不是无情，是伤得太多，是自我保护。她如受伤的孤狼，永远只在暗夜里舔着自己的伤口。

其实，每个女人的心里都有一片桃花圣地，永远为自己真正深爱的男人而留。可是，这红尘中有弱水三千，杜十娘却偏偏认定了李甲。是看上了他的才华，还是看上了他的甜言蜜语？想必两者都有吧。她待他如夜空的烟花，绚烂一时只为取悦他一人——她为他筹划替她赎身的事，甚全为他垫上自己的私房钱。她理解他的家教森严，想象着自己奉献满身家当或许会讨得他家人的欢心。她满心欢喜，等待着他最终说出的三个字："我娶你。"可是，她什么都算到了，却算错了他对她的深情。原来，爱，竟然不值区区几十两黄金。她恨透了那些钱财，才会在船头怒沉百宝箱，她觉得是那些钱害而那个风尘中的杜十娘，想必也曾幻想着如红拂一般，碰上乱世英雄李靖，或者同梁红玉一样，巧识将军韩世忠。人们都说婊子无情，不是无情，是伤得太多，是自我保护。她如受伤的孤狼，永远只在暗夜里舔着自己的伤口。

永夜抛人何处去？绝来音。香阁掩，眉敛，月将沉。争

忍不相寻？怨孤衾。换我心，为你心，始知相忆深。

——顾夐《诉衷情》

了她跟他的爱情。可是，她忽略了，终究是男人不可靠，空负美人恩。

　　"换我心，为你心，始知相忆深。"世间又有多少女人，在深夜的孤独中，怅怅地玩味着这句话，夜凉如水，凉到心碎。

　　五代的花间派词集，文风以秾丽为主，往往反映君臣奢华的、醉生梦死的态度。但是，顾夐的这首《诉衷情》却直白的很，尤其是最后两句"换我心，为你心，始知相忆深"，仿佛是女人随口而出的家常话语，却又嗔怒的这么可爱，这么深情，让人感动不已。所以，王士禛便评其为"透骨情语"。陈廷焯《云韶集》卷一所说"元人小曲，往往脱胎于此"，便是说元曲多是俚俗之风，文字不那么精雕细琢，而这首词对于文风从秾丽到通俗的转变显然有着影响。后来，许多人的词便从这两句话脱胎而来。比如李之仪云："只愿君心似我心，定不负相思意。"徐山民云："妾心移得在君心，方知人恨深。"

《醉公子》：藏在心中多年的疼痛

《醉公子·漠漠秋云澹》·顾夐

漠漠秋云澹，红藕香侵槛。枕倚小山屏，金铺向晚扃。睡起横波慢，独望情何限。衰柳数声蝉，魂销似去年。

在五代的那群花间派词人中，顾夐是一个若有若无的影子。他没有温庭筠、韦庄那么显赫的名气，也没有牛峤叔侄、薛绍蕴等人那么好的运气，可以始终围绕在帝王身边，锦衣玉食、歌酒唱和。他就是顾夐，一个生卒年、籍贯、字号都不详的人。他也是文学史上的一个影子，《花间集》收录他的词作五十五首，不可谓不多。可是关于他的生平，我们却知之甚少。不过还好，这不妨碍我们读到他的词。

《醉公子》又名《四换头》，本来是唐代教坊曲名，后来用作词调名，本意是表示公子喝酒后的醉态。不过，到顾夐这里改变了风格。而这首《醉公子》，是在描述一个女人，一个在秋天里有着深深的惆怅和幽怨心绪的闺人。

那个女人应该是慵懒地倚在窗前，瞧着窗外。天空一片浩渺，寥廓的宝石蓝色天空挂着淡淡的云彩。那池塘内的红荷淡雅的香气浸过门槛，碎碎的花香沾染着潮潮的水气。女人闻着花香，突然有点恍惚。屋内绘有山水的屏风有些暗淡，一个绣花枕头轻轻地压在屏风一边。女人惆怅着，听到傍晚时的关门声。不知是哪家官人回来，可是自己又莫名地叹息。女人其实刚刚睡醒，眼神朦胧，是想起了深爱的男人吗？女人叹息着，不知将要如何。只听得外面那早已衰败的柳树上蝉正嘶哑地鸣叫，仿佛是去年此时，女人正惆怅着自己的心事。

其实，古今多少事，属"情"这个字最为伤身。佛说，五百次的回眸才换来今生的擦肩而过。这句话绝对不是盖的。俗世红尘，茫茫人海，一个男人，一个女人，要经过多小的概率才能认识，才能相遇，才能相守。你为她痴痴盼盼，她为你牵肠挂肚。而这些比"回眸"可要难多了。

古代的女人不像现代的女人，有工作，有朋友，与男人吵架了，家里呆不住，还可以去酒吧发泄一下。那个时候的女人可是大门不出二门不迈的。闺阁里的大闺女如此，出嫁之后的小媳妇更是如此。所以，你就可想而知，卓文君她爸卓王孙看到自己的女儿当街卖酒是多么的痛心疾首，那可是有伤风化啊。不过，这样便苦了古代的女人。男人长年奔波在外，事业要紧，而女人，没有自己的社交圈，没有自己的工作，整天空虚寂寞，有孩子还能逗逗孩子，没孩子就只等着当怨妇吧。所以，大家就可以想明白，为什么古代的怨妇诗那么多了。

这首词中的女人在幽怨什么，作者顾夐并没有指出来。不过可以从"金铺向晚扃"这句中看出端倪。"金铺"是门上兽首形状的铜制拉环，这里代指门；扃，指门拴。这里，作者描写傍晚时的关门声，应该是牵动了女人的思绪——门，代表了一个门户，一个家。可是，家里没有男人，只有自己孤影自怜，未免有点凄凉，这些也由不得女人幽怨了。

不过，自从浪漫大诗人屈原创建了"以美人自喻"的体系后，很多政治上不如意的文人通常写诗词以"美人"自喻，来表达自己不受帝王重视的怨愤。

我们知道，顾夐曾经在公元916年的时候，在前蜀王建的手下做过小小公务员。可是，这个小公务员职位不高，只是一个给事，胆子倒是不小，见到秃鹜在摩诃池上飞，竟然作了一首诗讽刺皇上，差点招致杀身之祸。总

算，吉人自有天相，顾夐有惊无险，被擢为茂州刺史。后来，在后蜀统治的时候，他又做到太尉一职。从仕途上看，顾夐也还算顺当。不过，讽刺诗一事，估计也是给顾夐的心里造成了阴影。

顾夐在当时，套用王朔的话说，那是一个放荡不羁的"顽主"。估计怀才不遇的人都有这么点文化上诙谐滑稽的色彩。清人吴任臣在《十国春秋》里说顾夐"尤善诙谐，常于前蜀时见隶武秩者多拳勇之夫，戏造《武举谍》以讥之，人以为滑稽云"。你看他，不光讽刺皇上，连会点拳脚功夫的武夫也一并算上了。《尧山堂外纪》还记载了顾夐一件事，说"蜀通正初，顾夐为内直小臣，命作亡词《山泽赋》，有'到处不生草'句。一时传笑。后官太尉，小词特工"。看来，顾夐当上太尉了，也人到中年了，才收敛起来。

王国维《人间词话》云："诗人视一切外物，皆游戏之材料也。然其游戏，则以热心为之。故诙谐与严重二性质，亦不可缺一也。"这里，王国维还为文人的"游戏人间"作了解释。其实，文人不得志这种事情很多，得不到帝王的赞赏以及倚重，虽然有才，可是又有什么用呢？所以，才会做"怨妇"，才会游戏人间吧？唐寅说的好——别人笑我太疯癫，我笑他人看不穿。每个人的隐痛，正如夜深人静时扎在心里的刺，只有自己知道。

《菩萨蛮》：赎我一生，尽君一欢

《菩萨蛮·玉楼冰簟鸳鸯锦》·牛峤

玉楼冰簟鸳鸯锦，粉融香汗流山枕。帘外辘轳声，敛眉含笑惊。柳阴烟漠漠，低鬓蝉钗落。须作一生拼，尽君今日欢。

这是一首最绝美别致的艳词。它的横空出世，仿佛一颗流星划破夜空，所有的艳情诗都在它的面前黯然失色。

那是一座精致淡雅的小楼，在竹子做的凉席上，一套鸳鸯锦被铺满了整张床。被子下面的男女正在尽情地欢合。那胭脂混着香汗流淌到枕头上，凝结着女人一生的风情。突然，帘子外面传来了早晨辘轳的声音，女人眉头低敛，惊醒了春梦里含笑的脸。此刻，窗外的柳树阴阴郁郁，有烟袅娜着散开，染出了早晨的气色。那被子里的女人乌黑的秀发散乱地铺在枕头上，头上的蝉钗也已经滑落。女人妖娆魅惑——请让我拼却一生的精力，尽君今日一欢。

"须作一生拼，尽君今日欢。"只此两句，便可让天下男儿醉死在温柔乡里，再不回头。而女人，要有多少勇气、需要多大的担当才能说出这两句来？我，不要求你的承诺，不要求你的负责，我便是我，只属于今晚，而今晚只属于你。这一生挫折也罢，流离也罢，哪怕被千人耻笑、万人唾弃，可是，只要能跟你一夕欢娱，我，永不后悔。而千百年来，又有多少女人如飞蛾扑火般，

倾尽自己的情、自己的容颜、自己的华年，只为了满足心上人的一夜风流。

其实，岁月匆匆，浮生若梦。万丈红尘中，能找到一个真正喜欢的人并不容易。可是，如果找到了，那便真的是"金风玉露一相逢，便胜却人间无数"。今夜，请让我们尽情欢娱，哪怕明朝我们不再见面，永远离别。那么，请让我今晚献出我的一生。世间的女子大都痴心绝对，可惜有情郎却少得可怜。多少女人在交出了自己的同时，便陷入了一生的孤独和回忆中。不过，古往今来的女子却"伟大"得可悲，委屈着自己，回忆着那一夜的飞蛾扑火，临死时还不忘像夏雨荷般欣慰："等了一辈子，恨了一辈子，怨了一辈子，可依然感激上苍，让我有这个可等、可恨、可怨的人，否则，生命将会是一口枯井，了无生趣。"

想起了三个女人。

第一个是霍小玉，那个霍王爷的小妾所生的女儿。也许，从她生下来，便注定了一生的悲惨命运。母亲是偏房，父亲也在几年后的安史之乱中战死。霍小玉小小年纪便流落江湖，成为歌妓。碰到了李益，算是她人生中最不幸的事情。也曾恩爱过，花前月下，举案齐眉，几朝欢颜，过着只羡鸳鸯不羡仙的日子。可是，终究要分离。随即，这个男人便负心另娶她人，居然还愧疚着不敢来见霍小玉——一个有胆子做却没胆子承担的主。可怜霍小玉伤心度日，形销骨瘦，几度呕血。等到撑不下去的时候，李益终于被别人骗着来见小玉了。"我死之后，必为厉鬼，使君妻妾，终日不安"——这是霍小玉最后压给李益的话。终究是后悔了吧，才会如此决绝，爱得深，也恨得深。那几夕欢娱，也终究散入泥土，连着死去的还有霍小玉的一生。

第二个女人是唐懿宗时的步飞烟。这个女人是一个有夫之妇，可是却被邻居的青年赵象所恋，两人私通，可惜被奴婢揭发了，最后步飞烟被她老公武公业活活用鞭子打死。在我们看来，这个女人是何等的刚烈！她至死都没有供出赵象，所有罪责完全由她一人承担。可是，步飞烟又是何等悲哀！我不相信，仅一墙之隔，步飞烟受刑的凄厉声，赵象会完全没有听到，却为什么没有前来营救？想必，聪慧如飞烟，也终于在临死前看清了自己所爱男人懦弱的嘴脸。只是，飞烟终究是倔强的吧，才会独自守护着自己对爱情的执着与信仰，至死方休！

第三个女人，我不知道叫什么名字，是茨威格《一个陌生女人的来信》中那个始终孤独一人的女子。这个女人一生都在等待，少女时对那名男子的痴迷，年轻时与那名男子的交欢，沦落风尘之后与那名男子的偶遇。她倾尽一生都是为了他而活，可是，她之于他，却不过是路人甲。他甚至都不知道她叫什么名字！多少华年，流逝在漫漫长夜中她一个人守望他的时刻。是不值吗？可是她并不后悔。甚至在临死时，她还愧疚着没有抚养好他的孩子。仿佛，他之于她，便是神一样的存在。他接到信之后，默然不语，想起了什么？他的红尘中来来去去那么多女人，哪个是她？仿佛哪个都是她。无言到君前，与君歌一曲，拼将一世休，与君一日欢。这便是她的一生，是蝴蝶，逍遥片刻，却倾尽破茧成蝶的折磨，一生等待。

不是我不懂天长地久，也不是我不想一生拥有。只是，那句"须作一生拼，尽君今日欢"，恰如我对你的爱，炽热、决绝，你曾经的柔情便是我一生的记忆——只此，我便满足。

《定西番》：戍守人的情思

《定西番·紫塞月明千里》·牛峤

紫塞月明千里，金甲冷，戍楼寒，梦长安。乡思望中天阔，漏残星亦残。画角数声呜咽，雪漫漫。

常常在想五代的那群花间派词人，生逢乱世，幸抑或不幸？幸运的是乱世出英雄，一个普通人，不需要有多少才华、多少根基，草莽之间的汉子凭血性也能振臂一呼。可是不幸的却是——英雄的下场能有几个好？若是不幸跟了犬主，覆巢之下又岂有完卵？而乱世的枭雄们，拼到底，最终也只能有一个帝王，其他的永远只是配角，高台广袖，唱的却是别人的戏。只是，苦了征战沙场的那群将士们。

牛峤的这首《定西番》处于莺莺燕燕的花间词中，颇有点另类。赏惯了风花雪月的词人们，又怎能体会边疆戍守将士的辛苦呢？

你看，那长城上的月亮明晃晃的，银光一泻千里——想必家中的月也和这里的一样亮吧？我的铠甲早已经冰凉，城墙上的戍楼里也是一片凄寒。如此冰冷的夜里，我梦到了长安，那里有我的家。思乡的时候，只能望望这边塞长城上的苍天，寥廓的没有边际，我静悄悄地站在那里，望着星星一点一点散尽，恰如时间的流逝，想着闺中人，想着家。猛然听到城楼上的画角呜咽，才发现雪花早已经漫天飞舞。

这首词，仿佛一幅画，定格在戍守人的身上。那里，有紫色的长城，有凄寒的城楼，有月光，有残星，也有冰冷的雪花。可惜，没有你。你在家中独守空房，守护着一家老小以及生计，还担心着我在边塞的安危。而我呢，守在这个寒冷辽阔的边塞，看不到你的笑容，听不到你亲切的话语，我魂牵梦绕的人儿啊，在家中，可是苦了你。

有多少汉子征战沙场，便有多少女人独守后方。两人之间，是承诺，也是信约。

犹记得听到那句诗时的震撼——"可怜无定河边骨，犹是深闺梦里人"。征战沙场的男人已经做了无定河边的白骨，家里的妻子却还思念着良人归来团聚。知道亲人的消息，不管是生是死，确定，便是一种欣慰。可是，长年不通音讯，在外面戍守的人已经死了，家里人却还不知道。这才是真正的悲剧。

记得杨绛先生在《走到人生边上》这本书中解释"紫塞"，她说："南梁周兴嗣编缀的《千字文》，把长城称为"紫塞"。我曾考证"紫塞"的出典，只知长城之下土尽紫。一说长城之下有紫色花。我国各地土色不同，有黄土地、红土地、黑土地等。长达万里的长城下，土尽紫。为什么呢？筑长城的老百姓有生还的吗？一批批全都死在城下了。'尸骨相支拄'，不全都烂在城下了？老百姓血肉之躯掺和了泥土，恰是紫色。这种泥土里花开紫色，真是血泪花了。"历代有点野心的皇帝都忙着开疆拓土，好大喜功，只想着苍天下的每寸地盘都有我的旌旗飘飘，哪里管老百姓的死活？

徐士俊称牛峤《定西番》是"盛唐诸公《塞下曲》"，陆游则称为"盛唐遗音"。可惜，到得这时，盛唐已经灯尽油枯了。

牛峤是唐宰相牛僧儒之孙，可谓名门之后。可惜，牛峤中进士两年，刚想有点作为的时候，黄巢的起义军便砍杀着攻破长安了。可怜的牛峤狼狈逃出长安，真是叫天天不应，叫地地不灵。随后，在僖宗朝时，牛峤做了拾遗、补缺、尚书郎等官。不过，又是好景不长，为了避开襄王，牛峤流落

吴越、巴蜀，仿佛浮萍四处漂泊。在《江城子》中，牛峤便写道："渡口桃花，狂雪任风吹。"乱世中的个人，就好像稻草般任人践踏。管你是文人还是美人，皇帝还天天换呢。

牛峤的政治偶像是东汉名臣袁安。袁安是何许人？那可是汉明帝时的朝廷重臣，那时的东汉被一群以窦太后为首的姓窦的搞得乌烟瘴气，专权独断，皇帝都不放在眼里。而袁安却不畏强权，甚至敢直接给皇帝上书，诉说姓窦一家人的不是。窦太后当然想除掉他，可惜当时的东汉颇有些读书人节行高便受人爱戴保护的风气，窦太后想了想还是没下手。

牛峤想仿效袁安固然没错，可惜他生错了时间。五代是唐宋之间的更迭期，多少英雄不及上马便战死沙场，更何况一介小小文人？只落得凄冷夜中沾沾笔墨，写一首《定西番》，以表表当年的理想吧。只是，不曾想到，白发已经染满双鬓，这夜也要尽了。

《望江怨》：走也不易，留也不易

《望江怨·东风急》·牛峤

东风急，惜别花时手频执。罗帷愁独入，马嘶残雨春芜湿。倚门立，寄语薄情郎，粉香和泪泣。

古代出行很不方便，最高级的交通工具便是马车，那四个轮子上架着车厢，而马便欢快地在前面奔驰着。只是，马车终究不是很轻便，于是，古代的人又简化到骑马出行，背上一个小包袱，便可以浪迹天涯了。而马，便成了游子的好伴侣；同时，马嘶叫的声音，在离家时听来是那么的凄切，而归家时的鸣叫，却使得妻子的心几乎能乐出花来。

想起了郑愁予的《错误》："我达达的马蹄，是美丽的错误，我不是归人，是个过客。"都说好男儿志在四方，可是只有守在家中的妻子才知道自己是多么愁苦。两个人也许曾经相约过吧，那达达的马蹄声响过，便是我回家看你。可是，那窗户下踏过的马蹄，惹来了多少女人内心的欢喜：是他回来了吗？她飞快地拉开窗户去看，却发现，原来只是过客。那蹦起来的心儿又颤颤地缩回原处，心里不免思念起久未归家的男人。

李白《送友人》中有"挥手自兹去，萧萧班马鸣"，典故出自《诗经·车攻》中的"萧萧马鸣"。班马，指离群的马。自己都与朋友挥手告别了，可是身下的马却还萧萧长鸣，不忍与朋友的马儿分开，仿佛懂得主人亦

159

不忍离别的心情。马是通灵的，懂得察言观色，也懂得分离以及等候。它们
与主人在一起，长久下来，恋旧也是一种风致。

请看这首《望江怨》，正是料峭春风吹来、百花开放的时节，而在这
样的三月春光里，你我却要分别了。我记得你走的那天，我们在家门口分
手，你回了一下头，又回了一下头，我们都急切地挥着手，再见，再见。你
可知道，我看着我们身后的家，觉得好孤独，人走楼空，一个人孤枕难眠。
我听到了马的鸣叫声，它也是不想离开家的吧。那淅淅沥沥的雨滴打在路边
的春草上，湿透了地面，也湿透了我的心。我倚靠着门，痴痴地看着你骑着
马一步一步走远，影子渐渐消失在地平线上，再也看不到。我的心碎了，有
多少话，我还未曾对你说，可我只能站在那里，静静地望着。雨落下来，打
湿了我的妆容，那凝在脸上的不知是雨水还是泪水。

其实，离家人自然也有离家的无奈。那打湿青草的春雨，敲击着他的
心头，他又怎么敢回头再望一眼？只怕，回头了，便会打马回头吧。那伫立
在门边的妻子，是那么娇弱柔美，该怎么告诉她，她是他一生所爱。

而牛峤呢？他比其他花间派词人更为不幸的便是——他生于晚唐，甚
至在僖宗朝做过几任官职。他有机会亲眼看到大唐帝国的衰落以及灭亡，快
速地好像黄巢起义时他打马逃出长安。所以，他无法做到西蜀词人们那种花
天酒地、今朝有酒今朝醉的没心没肺，他也无法让自己的心仿佛野马般鸣叫
起来，成为乱世中的一个霸主。那掩在心底的大唐是他永远逃不掉的巨大阴
影。他爱它。

是的，他是怯弱的，也是怨恨的。童年在长安的美好仿佛一面镜子照
亮了他心头的柔软，然而，镜子打碎了，他也打马在战乱时从长安逃了出
来。这两样事情，仿佛黑暗与光明，一直在他的心头打仗。他无法逃避，他
眷恋过去，他喜欢马，那是他与过去的纽带；他也痛恨着现在，现实永远冷
笑着提醒他，别再妄想。

因此，他的词充满了幽怨，也充满了劲气。周颐在《餐樱庑词话》中
说："昔人情语艳语，大都靡曼为工。牛松卿《望江怨》词，《西溪子》

词，繁弦促柱间，有劲气暗转，愈转愈深。此等佳处，南宋名作中，间一见之。北宋人虽绵博如柳屯田，顾未克办。"这里，周颐大肆赞扬牛峤的词仿佛绵里针，柔中有刚，后劲悠长。可是，他又怎么能忽略牛峤的经历对其一生的致命影响？！一个人生活在记忆中，却永远得不到想要的东西。曾经的美好也只能消散在弹指之间，甚至来不及掩埋。

所以，当牛峤离开长安，或者后来，他辗转离开吴越，又离开巴蜀，一辈子颠沛流离时，那藏在心底的景象，是否便如词中所写——"马嘶残雨春芜湿"，"粉香和泪泣"。正是走也不易，留也不易。

《浣溪沙》：恍如隔世的情深不寿

《浣溪沙·枕障熏炉隔绣帷》·张曙

枕障熏炉隔绣帷，二年终日苦相思。杏花明月始应知。天上人间何处去？旧欢新梦觉来时。黄昏微雨画帘垂。

关于张泌，始终是一个谜。有人说，他是前蜀舍人，曾经不甘寂寞，游历过长安，泛舟至洞庭，迷恋于桂林等地。也有人说，张泌是南唐时代的人。但是，胡适先生对此有过辨析，他说《花间集》编成早在940年，那个时候南唐建国才不过四年，又怎么会收南唐一个小小词人的集子？而陈尚君先生则怀疑，花间词人张泌与唐末的诗人张曙应该是同一个人，大唐灭亡后，很多人在长安呆不下去了，便纷纷出逃。那个时候，号称"天府之国"的巴蜀地区可是抢手货，多少文人蜂拥而至，而张曙也便在这时来到四川，改名为张泌。

勿论张泌的传奇究竟如何，那些都不重要了。重要的，是他的词，神色宛然，恍如隔世。

燻炉，是熏香的炉子，古人习惯用燻炉取暖。女人隔着绣花帷帐，看到了玉枕和燻炉。而这些旧物，毫无疑问，都是她的男人留下的。两年了，她思念了他整整两年，可每一日都仿佛隔了三个秋，她明白，她对他的情就是一辈子。而这些，恐怕只有那长满院子的杏花，以及她夜夜仰望的明月才能知晓吧。她该如何寻他？天上地下，遍寻不到。她惶恐着黑夜，她害怕在梦中见到他的旧颜，醒来他却不在。而想起这些的时候，正是寂寞的黄昏，天空飘着微雨，那垂下来的帘子默默地看着她。

两年的思念仍然不断，可见两人爱得有多深沉。我始终认为，爱情不是一瞬间的鬼迷心窍，而是一坛好酒，岁月冰封在那里，情到深处，爱恋自然香醇。

现代的人虽然讲什么夫妻之间七年之痒，但是，勿论七年，恐怕让这二人两年不见面，就得拜拜了。在这个高速度发展的社会，什么都是一个字——快，例如快餐，甚至闪婚。又哪里及得上古人的情深意重！

可是，情深不寿。女人已经思念男人两年了，为何还是没有音信？难道真是"上穷碧落下黄泉，两处茫茫皆不见"吗？还是因为，根本找不到他，他已经死了。

孙光宪在《北梦琐言》中说："唐张祎侍郎，朝望甚高。有爱姬早逝，悼念不已。因入朝未回，其犹子右补阙曙，才俊风流，因增大阮之悲，乃制《浣溪沙》"。同为花间派词人的孙光宪，认为这首词是张曙所写，而张泌自然便是张曙入蜀后的化名了。这段话是说，张曙的叔叔张祎有一个很宠爱的姬妾不幸早逝了，他的叔叔非常伤悲，而侄子张曙便代他的叔叔作了这首《浣溪沙》。

看来，的确是逝去了。很多东西，等到失去的时候才会发现，原来这些东西在自己的生命里是多么的宝贵。可是，永远也得不到了。勿管他江山、美人、权力，我所想要的，今生永远不在。这种感觉，应该是吧，什么都抓不住，什么都不属于自己，好像人踩在棉花上，漫天遍地，四顾茫茫——没有你的影子，那么，天下亦不存在。

想起了那首乐府诗《古艳歌》——"茕茕白兔，东走西顾。衣不如新，人不如故。"这首乐府诗是写一个丈夫抛弃了他的结发之妻，而这个弃妇在荒野上出走，孤单单的仿佛找不到家的白兔。她往东去了，却回头顾念着西边她来的方向。那里，还是有她深爱的人。最末两句是奉劝做丈夫的，

衣裳当然是新的好，可是，人却应当念旧，应当留恋故人。我不知道，这个丈夫最后是不是把妻子又重新迎回了家。只是咀嚼着这四句话，仿佛嘴里仍然充满了凄瑟。他还有机会，才能去重新迎她，重新珍重，重新相守。可是，换了真正一辈子都看不到的人，那份依恋，那份想念，又当如何？那种感觉，只怕正如白雪一般，只能眼睁睁地看着它飘散，是永远也不会抓在手心里的痛楚吧？

而真正的"上穷碧落下黄泉，两处茫茫皆不见"的唐明皇与杨贵妃呢？他们一起相携着逃出正在遭受安史之乱的长安，他们以为前方广袤的天地正在等待他们。可是，他们不曾想到，等待他们的却是御林军的哗变。那叫嚣着要杀死杨贵妃的呼声，是否从今以后便一直在他的耳边回荡？他终究是无力保护她，眼睁睁地看着她为了他死去。从今往后，真的是不相见了吧？天上人间，又到哪里相寻？他终将是一生孤独到老，只能看着她的画像祭祀，望着她的画像痴笑。而画里的人，终不可能再见了。

其实，很多时候，这世上最动人的爱，便迸发于这消散之时，有心相爱，却无力相守。

《醉花间》：问与不问的情动

《醉花间·休相问》·毛文锡

休相问，怕相问，相问还添恨。春水满塘生，鸂鶒还相趁。

昨夜雨霏霏，临明寒一阵。偏忆戍楼人，久绝边庭信。

信，永远给人带来期盼。久未归乡的游子给家中父母捎来家书，相隔千里的情侣借着鸿雁互诉衷肠，甚至朋友之间的书信，倾慕者之间的求爱信——信，仿佛是一种契约，在这个契约的两头，连着彼此的心灵和温存。

曾记得杜甫挂念李白的安危："凉风起天末，君子意如何？鸿雁几时到，江湖秋水多"，是惦念以及企盼得到消息；曾记得张籍这个游子："洛阳城里见秋风，欲作家书意万重。复恐匆匆说不尽，行人临发又开封"，是思乡以及惶恐着家书的欲罢不能；曾记得李清照的独处："云中谁寄锦书来？雁字回时，月满西楼"，是思念远方夫婿的惆怅。信，始终像百变的魔方，让人思恋、惶惑、惆怅或者惦念。

信的魅力不仅如此，它已经让尘世中的俗人如此企盼或者痴迷了，却更能使得战争中的将士与家中的妻子肝肠寸断。

在那个烽火连天的岁月，离家的那刻可能便是生离死别的时候。悲剧永远不会预演，而直接实战，它像一面锣，在你耳边敲响的刹那，便是天地黑暗。有多少人在战争中家破人亡，妻离子散，又有多少人在战争中成为俘房或者残废，苟延残喘。而信，便在这个时候，成为活下去的最后希望。所以，诗圣杜甫才会说"烽火连三月，家书抵万金"，用无数黄金也不会换得亲人安然无恙的消息。所以，岑参才会说"故园东望路漫漫，双袖龙钟泪不干。马上相逢无纸笔，凭君传语报平安"，哪怕是口头通传，也想让亲人知道自己平安无事的消息。

然而，信送到手里了，才是妥帖的。那等信的煎熬呢？

我不想问你，可是又害怕问你。这问来问去反倒更增添了我对你的怨恨。你瞧，春天来了，碧波荡漾的水涨满了整座池塘，成双入对的紫鸳鸯便趁着这美好的春光嬉戏，让我是多么地羡慕。昨晚，我一夜未眠，听着淅淅沥沥的小雨敲打着窗沿，待至黎明时感觉一阵寒冷。我知道这是因为没有你陪在我身边。该让我怎么说，在这个寂寞孤独的夜里，我偏偏想起了你这个戍守边疆的负心人，而这么久了，你却还不从边疆给我来信。

女人在凄冷料峭的春夜里想起了远在边关的男人。这么久了，你都不给我来信？！是怨恨吧，他们也曾恩爱，也曾携手，也曾相约——执子之手，与子偕老。可是，久久杳无音信，却让她几乎怀疑他早已经忘记了她，忘记了他们的誓言。所以，她才会"休相问"，害怕结果会跟她想的一样，害怕他会变心。但是，她又"怕相问"，她的男人久久没有来信，是不是他已经死了？才会断绝了跟她的联系。他可能想给她希望，却又害怕一旦得知真相，她便会失望。两种心思一直煎熬着她，她的身体一半是水，一半是火，这寂夜的春寒，反倒是越来越重了。

其实，边关将士的辛苦与家中妻子的等待往往也是相同的，正如那首歌所唱"军功章啊，有我的一半，也有你的一半"。而真正了解战争的残酷、经历过悲欢离合的人才能领略这"思念"二字是多么辛苦。

词作者毛文锡，在现实生活中并不顺利，最起码中年之后并不顺利。毛文锡少年得志，早早便官至前蜀翰林学士承旨，可谓前途一片光明。不过，正所谓"一入官场深似海"，几乎没有经历过挫折的毛文锡自然秉承着读书人以兴旺天下为己任的理想，苦苦盼望着百姓能够安居乐业。所以，他关注国计民生，主张施行仁政，不与其他醉生梦死的人同流合污，可谓一树梨花压海棠。那时，正值江水大涨，有人便建议王建把堤坝掘开，放水淹没江陵，以吞并江南一带。毛文锡知道后，立即前来劝王建，说高季常（当时江陵一带的统治者）肯定不服，而这里的百姓又犯了什么错要遭受洪灾？吓得王建乖乖收回命令。当然，毛文锡的耿直势必会得罪许多小人，于是天汉元年，这个长期不相容于君主和权贵的毛文锡终于被贬到荒僻的茂州做了司马。随后，前蜀灭亡，毛文锡也辗转流离至后蜀，成为御用词人。

毛文锡没有死，可是，那个喊着"破番奚"的英武男子终究是不见了。此时的毛文锡经历了政治流放、抄家、国破、流亡的生活后，终于被岁月磨平了棱角，他规规矩矩地写着赏风赏月的花间词，毕恭毕敬地应和着君主的要求。他已经不是他了。

而这首《醉花间》呢？是尚年轻的他在慷慨激昂时想起了远方的妻子而作，还是他在沉默后怜悯这日益战乱的边关所作？我更倾向于后者。想必，这首词应该是等毛文锡的心苍老了之后，他怜念这分离千里的有情人所作。可能，他也在幻想着和平，也在幻想着西蜀能够永世长安。只是，他应该明白：连他都改了脾气，更何况这一方江山？也只是，今朝有酒今朝醉罢了。

《生查子》：记忆中的绿罗裙

《生查子·春山烟欲收》·牛希济

春山烟欲收，天淡星稀小。残月脸边明，别泪临清晓。语已多，情未了。回首犹重道。记得绿罗裙，处处怜芳草。

正是早晨，春天的早晨。那山上的烟雾已经渐渐稀薄，黑夜笼罩的天幕却慢慢变亮，只剩下稀稀疏疏的星星兀自在天空逗留。破晓了，天边的弯月照亮了女人脸上的泪花。清晨，男人就要离开了。她送他到门口，到路口，送别的话已经说得够多了，可是她望着他的背影还是千万心绪涌上心头——此去经年，下一次重逢又当是在何时？她知道，她对他的情是难以割舍的。可是，终将要面对离别，天下也无不散之宴席。临别时，他们一个向左，一个向右。他突然回头，叫着她的名字："我记得你的绿罗裙，以后看到青青芳草，我也会想起你的笑颜。"那一刻，她忍不住又泪流满面。

情由心生。那个女子穿着绿罗裙笑靥如花的样子，想必也已经长久地刻在那个男人的心里了吧？可能，在分开的时候，他一个人独自漂泊，不过他不寂寞。远处青山的森森树木，或者蜿蜒小路旁边的青青野草都将提醒他：他的生命里有一个多么爱他的女子。他也曾牵着她的手，让她的绿罗裙照亮了他的眼睛。是的，他的眼里只有她。

"记得绿罗裙，处处怜芳草"，又多么像女子的叮嘱——请你记住我穿绿罗裙时的样子，那样你看到碧绿小草的时候也会想起我，想起我是多么的爱你。想必，那个女子也会担心男人变心吧？毕竟花花世界、美女如云。可是，不是所有人都"只闻新人笑，哪见旧人哭"，那"绿罗裙"永远藏在心底某处，想想，便是甜蜜的柔软。怪不得李冰若在《栩庄漫记》里说此句"词旨悱恻温厚，而造句近乎自然，岂飞卿辈所可企及！"此句一出，温庭筠估计也得甘拜下风了。

可我却想到了另一个穿着绿衣服的女人。

那是《诗经·邶风·绿衣》中的一个女人，那个女人出现在我们的视野时已经死了，是她的丈夫在怀念她的时候才让我们知道了这个穿着绿衣、温婉贤惠的女子。他轻轻唱道："绿兮衣兮，绿衣黄里。心之忧矣，曷维其已！绿兮衣兮，绿衣黄裳。心之忧矣，曷维其亡！绿兮丝兮，女所治兮。我思古人，俾无訧兮！絺兮绤兮，凄其以风。我思古人，实获我心！"他看着她生前所穿的绿衣裳，看着她为他所制衣服上的一针一线，心里的悲怆仿佛天地瞬间崩塌。是再也看不到她了，从此，他的世界里没有她的脚步声，没有她的影子，也再没有了她的笑容。

为什么要等到失去的时候才会怀念？而那些人、那些事也明明才是旧的好。也许，只有共同经历过、拥有共同回忆的人和事，才会在我们的记忆里仿佛影子般亦步亦趋，成为生长的一种标志。

是的，生长的标志。对于处在五代时期的文人们来说，这个生长的标志，很容易跟一个词连接，那便是——改朝换代。你有你的新都，我有我的故国。也许，真应了那句话："相忘谁先忘，倾国是故国。"新的国度、新的君主，也该是舐脸逢迎吧？否则，又如何能混得下去。可是，心中的故国，仿佛"绿罗裙"般，总是在那里闪闪发光，在夜深人静时悄然涌上心头。

蒋仲舒在《尧山堂外纪》中曾经记载了牛希济的一个典故。同光三年的时候，唐主命令已经归降后唐的蜀国旧臣们一起赋诗，说是随意，可偏偏还规定了范围——谈一下对蜀国灭亡的感受。这种题目很明显就是找个机会让你骂旧主的，估计骂得不好后果可就严重了。于是，群臣激愤，哪管它丢

不丢颜面，先保住脑袋和饭碗再说！有的讽刺蜀国君主淫乱，有的讽刺蜀国不是正统，名不正言不顺所以亡国，五花八门。

唐主听得洋洋得意起来，就让牛希济赋诗。牛希济也不客气，提律一首，云："满朝文武欲朝天，不觉邻师犯塞烟。唐主再悬新日月，蜀王还却旧山川。"末句加上"古往今来亦如此，几曾欢笑几潸然"。这首诗可就投巧了，既没有骂旧主，也没有损新主子的颜面，可谓一箭双雕。只是，唐主听了其他人的赋诗，总觉得少了点什么，可又不便明说。半响方道："希济不忘忠孝也。"而牛希济，也算是躲过了一劫。

许是夜深人静时牛希济才会想起故国吧？那故国的人、故国的事，躲在牛希济的记忆深处，仿佛绿罗裙般闪动。

《喜迁莺》：科举中第，春风得意

《喜迁莺·残蟾落》·薛昭蕴

残蟾落，晓钟鸣，羽化觉身轻。乍无春睡有余酲，杏苑雪初晴。紫陌长，襟袖冷。不是人间风景。回看尘土似前生，休羡谷中莺。

这是考中进士后醉酒的清晨，残月终于从天边落下去了，破晓的钟声听起来是那样悦耳。我觉得自己的身子轻飘飘的，仿佛将要飞升的神仙一般。一夜宿醉，此时浓浓酒意仍然压在心头，可是我的血液还是忍不住沸腾起来，我知道皇家对新科进士的赐宴此刻正摆在曲江旁的杏苑，而那里的雪已经融化，天气一片晴朗。如此美事，我怎能不去！——我打马在禁城中的道路飞驰，这条路似乎长了很多，冷风从衣襟和袖口灌进来，凉的我直打哆嗦。我在马上飘飘然了，恍惚这不是人间的景象。突然想起了以前，自己还仿佛羡慕世外高人般的隐士，而那些想法却好像前世一般早让我抛到九霄云外去了。

中了进士，就一个字——爽。要问中国最有特色的是什么，答案：人多。人多，意味着什么？意味着大家抢饭吃，抢衣服穿，抢车坐，甚至抢老婆，狼多肉少啊。所以，一个成语说得好——"出人头地"，比别人高一等，甚至一人之下万人之上，让众生仰望，那是多么惬意的事啊。所以，中

国人是挤破了脑袋想做官，打破了脑袋想有特权，为的便是区别于一般人。

而古代最有可能出人头地的机会便是科举考试了，从隋炀帝创立科举机制以来，中国的孩子们无时无刻不活在分数的阴影下。寒窗十载不是白混的，悬梁刺股、凿壁偷光、囊萤映雪，"考、考，老师的法宝；分、分，学生的命根"，谁让我们中国人是拿成绩说话呢！因此，多少人为了考中进士砸破脑袋，甚至从少年考到中年，再从中年考到老年，无非是拿功名而已。我们的伟大奇幻先驱作家蒲松龄同志便是考试专业户，几十年如一日，到71岁才考了一个贡生。可能他老人家也有满腹的牢骚和悲哀吧，才会不喜欢人世，宁愿与鬼怪对话。

想象着唐太宗李世民坐在雕龙宝座上看着满朝新科进士们唯唯诺诺、鱼贯而入，他老人家不无得意地大笑："天下英雄，尽入吾彀中矣。"殊不知，这里面包含了多少学子的心酸泪啊。大诗人李白够狂够潇洒吧，一辈子没有考中，想着凭自己的文采在唐玄宗身旁一展抱负，到头来却只不过写些御用文人的应制诗，气得他离开长安，一生不得志。最可怜的还要数"鬼才"李贺。古代对名讳很讲究，李贺的父亲偏偏叫李晋，而"晋"与"进"同音，于是有人便说了："李贺，你还是不要考进士了，要不然会触及到你父亲的名讳。"可怜的李贺便这样淹没在别人的吐沫星子里，一生只做了一个掌管祭祀的九品小官，27岁时便去世了。

当然，考不中进士的人也有很多。那些人，要么年复一年地坚持考；要么就一生穷困潦倒，还被别人看不起。当然，也有特殊的。唐末农民起义领袖黄巢便是因为屡考不中，才会忿忿不平于别人总是骑在自己头上，干脆揭竿而起，反正此时的唐王朝也已经日薄西山了。他的两首《题菊花》最能反映他想高人一等的心态："待到秋来九月八，我花开后百花杀。通天香阵透长安，满城尽戴黄金甲。"另一首为："飒飒西风满院栽，蕊寒香冷蝶难来。他年我若为青帝，报于桃花一处开。"与黄巢类似的还有洪秀全，此人原名洪仁坤，也是几次科举不中，才铤而走险，立志于推翻以科举为基的清政府。他甚至为自己改名为"秀全"，意思是"禾乃人王"。禾者，草也。

看来那时他便懂得"星星之火，可以燎原"的道理了，只是后来仍不免以悲剧收场。

科举考中的当然是欣喜若狂，便如孟郊的"春风得意马蹄疾，一日看尽长安花"，恨不得整个世界都为自己欢欣鼓舞。或者如范进一般，多年的媳妇终于熬成婆，他自己也忍不住喜极而疯。从唐代以来，新科进士还有一件光荣的事要做——雁塔题名。凡新科进士，先要一起在曲江、杏园游宴，然后登临大雁塔，并题名塔壁留念。比如唐中宗神龙年间，27岁的白居易考中进士，写下了"慈恩塔下题名处，十七人中最少年"的诗句。

而本词作者薛昭蕴在《喜迁莺》其二中，便向我们展示了登第学子在杏园畅饮、自此身价百倍的志得意满："金门晓，玉京春。骏马骤轻尘。桦烟深处白衫新，认得化龙身。九陌喧，千户启，满袖桂香风细。杏园欢宴曲江滨，自此占芳辰。"一句"自此占芳辰"，是多么的"傲视天下，唯我独尊"。他终于成功了，终于成为天子的门客。而十几年的寒窗苦读，也终于有所成效了吧。今夜，他便与进士们一起醉了，而统治了中国人几千年的科举制度仍然沉睡不醒。

《浣溪沙》：酒杯深，情更浓

《浣溪沙·握手河桥柳似金》·薛昭蕴

握手河桥柳似金，蜂须轻惹百花心，蕙风兰思寄清琴。意满便同春水满，情深还似酒杯深。楚烟湘月两沉沉。

与五代时期的其他花间派词人相比，薛昭蕴未免太狂了点。

世传薛昭蕴又名薛昭纬，而孙光宪在《北梦琐言》卷十一中说薛昭纬是"薛保逊之子，恃才傲物，亦有父风。每入朝省，弄笏而行，旁若无人。好唱《浣溪沙》词。知举后，有一门生辞归乡里，临歧，献规曰：'侍郎重德，某乃受恩。尔后请不弄笏与唱《浣溪沙》，即某幸也。'"

这段话是说，薛昭蕴为人狂放不羁，每天上朝的时候，别人都老老实实的手持朝笏入朝，偏偏薛昭蕴总是拿着朝笏在手里把玩。要知道朝笏乃是用象牙或竹片做成，用来记录君王下达的命令或自己准备向皇上所上的奏言，玩弄朝笏，可谓有失君颜。不过，薛昭蕴才不管这些，人家玩弄朝笏的时候居然旁若无人，丝毫不把众人放在眼里。并且，薛昭蕴好唱《浣溪沙》小曲，以至于一个门生在临走的时候终于忍耐不住，把自己的肺腑之言掏给薛昭蕴，说：您老人家什么都好，我也受了您不少恩情。只是，您老人家以后不要再玩弄朝笏，也不要再唱《浣溪沙》这种小曲，我就心满意足了。可见，薛昭蕴如此狂放的情态早已为众人不齿，只是碍于情面不说而已，估计他的曲子也唱得不怎么样吧。

不过，话又说回来了，能有如此真性情的人，才会活得如此真、如此潇洒吧。我重我的感受与情谊，根本不屑于在世人的冷眼中带上伪善的面具。也只有如此真的心，才能欢喜便是欢喜、悲伤便是悲伤，人生始终如赤子般纯净。

那天，我们分离，你和我在河桥上握手言别。我记得河边的柳枝被落日的余晖染成了金色，像蜜蜂紧紧抓住花蕊，我不舍得你的离去。曾记得我们的相逢，我们怔忪着，彼此的爱恋便倾泻在这满溢的琴声中，而我们的感情也便如春水般越涨越满。那夜，我们对酌，情意绵绵，酒杯深深，而我对你的情，便蕴藉在这香甜的美酒中。可是今天，我们终将要分别了，难道真是天下无不散之宴席？我的哀伤仿佛这河水般满溢，我甚至能想到你离开后的楚江烟雨凄凄，湘水上的明月也仿佛沉暗了许多，正如我思念你的那颗哀伤的心。

其实，人生如一列火车，朋友来来去去，在不同的车站上上下下，却没有人能陪着自己走向终点。因此，《红楼梦》里才会说："人有聚就有散，聚时欢喜，到散时岂不清冷？既清冷则生伤感，所以不如倒是不聚的好。比如那花开时令人爱慕，谢时则增惆怅，所以倒是不开的好。"这句话有点近禅，颇有点"本来无一物，何处惹尘埃"的味道。可是，如果人世间连一点伤感、欢喜、静默、思恋都没有的话，那人生岂不是如白开水一般，没有一点味道？

所以，人生也总该活得有滋有味才好，一起欢呼过，一起相聚过，一起分离过，一起思念过，一起重逢过，一起相守过。这样等到老去的时候，才会毫无一丝后悔。因为，这个世间，我已经来过。

而在这种种感情中，重逢或许是最令人激动的。好友或者情人多年未见或者杳无音信，一旦在茫茫人海中再度相遇，便仿佛重生一般。因此，古代的四大喜事中便有了"他乡遇故知"。

想起了晏几道的《鹧鸪天》："彩袖殷勤捧玉钟，当年拚却醉颜红。

舞低杨柳楼心月，歌尽桃花扇底风。从别后，忆相逢，几回魂梦与君同。今宵剩把银釭照，犹恐相逢是梦中。"那个生在富贵家中可不幸家道败落的小晏终于碰到了以前彼此心仪的歌女，在电光石火的刹那，两个人的眼中都闪过了怀旧的泪花，一个殷勤地劝酒，一个举杯只为伊人醉。什么都不能说，而一切也尽在不言中。"几回魂梦与君同"，分别后的思念终将是难耐的，多少次我梦到你，醒来你却不在我身边。而如今终于相逢了，虽然这相逢未免有点苦涩。

　　只是，相聚也总是短暂的，人生似乎总是聚少离多，未免有点无奈。

《临江仙》：倾国是故国

《临江仙·金锁重门荒苑静》·鹿虔扆

　　金锁重门荒苑静，绮窗愁对秋空。翠华一去寂无踪，玉楼歌吹，声断已随风。烟月不知人事改，夜阑还照深宫。藕花相向野塘中，暗伤亡国，清露泣香红。

　　自古以来，朝代更替，造就了一大批国破家亡的前朝臣子，他们往往感念前朝，却又无处伸展，只好托物言志，寄情诗词……有人说，后蜀鹿虔扆的《临江仙》，暗含亡国之恨，有"黍离之悲"。

　　鹿虔扆，生卒年、字号都无考，只知道是后蜀进士，曾经在广政年间出任永泰军节度使，后来又加封太保。其实，在战乱的五代时期，四川偏安一隅，历代君主基本都喜欢舞文弄墨，在花花世界里流连忘返，以至于上行下效，而鹿虔扆竟也凭借着出众的文笔，与欧阳炯、韩琮、阎选、毛文锡一同侍奉在后蜀君主孟昶身边，与君主赏赏美人，观观风月，整日诗酒应和，时人称为"五鬼"。

　　勿管他在后蜀是多么的谄媚，鹿虔扆有一点做得很好，那便是忠臣不事二主。《乐府纪闻》云："鹿（虔扆事蜀）为永泰军节度使，初读书古祠，见画壁有周公辅成王像，期以此见志。国亡不仕，词多感叹之语。"这段话是说，鹿虔扆做永泰军节度使时，没事喜欢在古祠里读读书，看到了墙

壁上有周公辅成王图，于是，鹿虔扆热血沸腾，以周公为终身偶像，尽心辅佐君王。可惜，热血沸腾终究换不来国家的安康，后蜀还是被别人给灭掉了。而鹿虔扆也高风亮节了一把，发誓不再出仕，并且居然做到了，赢得了世人的尊敬。

怪不得姜方锬云："自陈大阳以来，论词者以《花间》为正宗，以绮语为本色，不知蜀中自有不以绮语长者。鹿太保《临江仙》一首，故国情深，与欧阳炯之专工绮语、历仕三代者固不同矣，亦足以洗吾蜀人之耻也。"恐怕，好看的不是鹿虔扆的《临江仙》，而是鹿虔扆的忠臣形象吧。

然而，这首"字字血泪"的词作佳篇《临江仙》，却并非悼亡后蜀之作，那"翠华一去寂无踪"的也并非后主孟昶。这首《临江仙》收于《花间集》中，而欧阳炯的《花间集序》为蜀广政三年所作，那么《花间集》的编成应该在此之前不久。由此可见，若说这首词暗伤后蜀亡国之恨，倒不如说它是凭吊前蜀，抚今追昔。

一个明月如洗的夜晚，官拜永泰军节度使的鹿虔扆却毫无睡意，也许是这淫靡的蜀地之风，让他感到了丝丝不安；也许这相似的花天酒地，让他想起了什么。

他沉思着，信步徜徉，抬头却望见了那重重紧锁的宫门，这不是前朝那歌舞繁华的锦绣宫殿么？然而，向内望去，荒草丛生，一片萧瑟寂寥之景。曾经的繁华，如今却静得悲凉，静得无奈！镂空的窗纱早已不见了踪影，那空空的窗棂，犹如苍白凄凉的双眼，惆怅地仰望着星空。恍惚间，他似乎还能听见那重重宫阙间丝竹歌吹之声，彰示着无限的繁华与欢乐，似乎再往前一步，那曾经的人事都历历在目。然而当他想细细分辨时，那声音却已经卷在风里，呜咽一片——就像那前蜀的后主王衍一样杳无音讯！

"翠华一去寂无踪"一句中的"翠华"本指天子仪仗中以翠羽为饰的旗帜或车盖，在词中代指前蜀后主王衍。王衍在国破之时投降，却又被杀于前往洛阳的途中，所以词中说"一去寂无踪"。

不知是词人心中的千思万虑侵染了这一夜的风景，还是这萧瑟落败的宫苑加重了词人的心事？霎时间，那轻烟、那明月、那一草一花，竟然都如人儿般或绝情或伤感了！

"烟月不知人事改，夜阑还照深宫"，试想夜雾朦胧、薄云笼罩、月色踌躇、夜阑人静，剩下的唯有愁思了！月之永恒对比"人事改"之转瞬即逝，留下的恐怕唯有"商女不知亡国恨"似的感慨了！明月呀！究竟是你天真，还是人心早已麻木？为何"还照"着这"深宫"呢？是的，经过了烽烟的无情摧毁，华丽的楼台变成了一片断井颓垣，昔日繁花似锦的荷塘如今亦由于无人整葺而荒芜野外，剩下的只有那疏疏落落残留的荷花尚在绽放。而那晶莹的夜露又何尝不是荷花那一抹清泪！

花犹如此，人何以堪？！只恐怕鹿虔扆万万没有想到的是不久后的将来，他也会做这乱世的亡国臣子，再一次亲身感受这黍离之悲。只是，这一次，却再也没有人为他写词救赎，而这江山也自然换了颜色——真是"人世几回伤往事，山形依旧枕寒流"啊。

《三字令》：鸿雁隔山，相思难递

《三字令·春欲尽》·欧阳炯

春欲尽，日迟迟，牡丹时。罗幌卷，翠帘垂。彩笺书，红粉泪，两心知。人不在，燕空归，负佳期。香烬落，枕函欹。月分明，花澹薄，惹相思。

《三字令》的词牌是欧阳炯的独门绝技。作为五代时期著名的文学理论家，欧阳炯不仅亲自为《花间集》作序，而且亲力亲为，写出了众多反映花间词绮丽、沉靡风格的佳作，而这首《三字令》更是玩了一把文字游戏。先不管词的内容写什么，此词读起来便朗朗上口，颇有点"大珠小珠落玉盘"的味道，怪不得俞陛云先生评价这首词说："如以线贯珠，粒粒分明，仍一丝萦线。"滑而不腻，才所谓真功夫。

欧阳炯生于唐末，死于北宋时期，经历了整个五代。前蜀时，曾官拜中书舍人，可谓是一生风光的开始。接着，前蜀被别人灭掉了，欧阳炯狼狈逃往洛阳，又为后唐秦州行事，依然官运亨通。及至后蜀开国，拜中书舍人、翰林学士承旨，66岁时达到了人生的最高点——宰相。广政二十八年（965年）后蜀亡国，入宋又为翰林学士、左散骑常侍。看来欧阳炯很适合当官，最起码官场很欢迎他——此经历颇像同时期的冯道，是官场上的不倒翁。

只是，如此不倒翁，心里的情又跟谁人说呢？

请看这首《三字令》。"迟迟"来源于《诗经·豳风·七月》："春日迟迟，采蘩祁祁"，形容日长而天暖。春天终于快要结束了，这天也变得越来越暖，如此光景，正是牡丹盛开的好时节。而在这春暖花开的时节，我却一个人躲在屋中，那罗帐高高卷起，翠绿色的帘子却兀自低垂。就在此时，我重读了我们之间昔日的书信，我知道，多少回忆便荡漾在这彩笺中，多少爱恋也蕴涵在这墨迹中。我的脸上都是泪水，你我之间的恩爱，我们两个人都知道。只是，燕子尚且还双宿双飞呢，你人却不在了！难道你忘记了我们之间的约定？为何却不来赴约？！我苦苦思念你，直到香柱的灰烬又一次熄落。那枕套分明已经被我压皱，我却思恋着你不肯入睡，只看着天上的月明晃晃的耀眼，那盛开的花儿日渐稀少，我对你的相思日复一日。

如此哀怨的思念心上人，想必每个恋爱中的女人都会有吧？他跟她曾经海誓山盟，共同发誓此生非她莫娶、非他不嫁。好像彼此的身体已经融为一体，任何力量都无法分开。她幻想着他的专一，他痴迷着她的执着。然后，等到分离的折磨，两个人的猜测、怨恨，相爱亦是痛苦，而世上的男男女女却仍愿意痴迷其中，并且乐此不疲。想必，便如佛家所云，一切皆是前世的罪孽。只是，尽管如此，心中却仍愿意有一个人，可以等，可以爱，可以怨，也可以恨。这样，人生才不寂寞。

那么，欧阳炯呢？作为《花间集》的作序者——一个著名的文学理论家，这个男人内心应该是敏感的。史书记载，欧阳炯为人放荡不羁，常常不配头巾、不穿袜子，衣冠不整地出来见客。如此人物，想必也自有他沧桑风流的魅力吧？只是，生在乱世之中，多少潇洒都被掩盖在奔走逃亡之中，他心中的情、心中的思念，处于那个年代，又如何有机会给心爱的女人说！

他也曾骄傲过，也曾模仿白居易作《讽谏诗》五十篇献给君主孟昶，表现出他对于社会现实的关心。只是，这个现实，不是他能改变的；这个社会，也不是他能控制的。而别人鄙夷着、或者羡慕着他的官运亨通时，欧阳炯的心里在想些什么？——想必，正想起了几千年前的孔老夫子"惶惶如丧

家之犬"吧。正是他，经历了前蜀、后唐、后蜀及宋，他所有的尊严都已经随着"官位"飘散在风中，而他心里那份相思，只怕永远都埋葬在记忆深处了吧。

《宋史》卷四七九《蜀世家》记载："炯性坦率，无检操，雅善长笛。太祖常召于偏殿，令奏数曲。御史中丞刘温叟闻之，叩殿门求见，谏曰：'禁署之职，典司诰命，不可作伶人之事。'上曰：'朕尝闻孟昶君臣，溺于声乐，炯至宰司，尚习此伎，故为我所擒。所以召炯，欲验言之不诬也。'"好一个宋太祖，明明是自己喜欢听听丝竹，玩玩乐乐，却嫁祸在一个小小的降臣身上。我猜想，此时的欧阳炯心里应该是苦涩的吧，多少人在乱世之中丧命，而他却侥幸保住了一条小命，只是这代价未免太大。他便像一个木偶一般，任由这帝王摆弄，任由这帝王嘲笑，任由这帝王嫁祸。一句话都不能说，一说便是错。

罢罢罢！"彩笺书，红粉泪，两心知"，好一个"两心知"。谁知道他？谁又能懂得他？那压在心底的相思，深沉却又朦胧，他想起了心爱的女人，曾经的誓言，或者曾经有过的梦想。只是，多少次留恋过往的时候，却发现现实始终背离理想，越驰越远，再不回头，也再也没有办法回头。

《采桑子》：豆蔻枝桠，少女情怀

《采桑子·蠕蛴领上诃梨子》·和凝

　　蠕蛴领上诃梨子，绣带双垂。椒户闲时，竞学樗蒲赌荔枝。丛头鞋子红编细，裙窣金丝。无事颦眉，春思翻教阿母疑。

　　蠕蛴，形容女子脖颈之美，源于《诗经·卫风·硕人》："领如蠕蛴，齿如瓠犀"。少女雪白的脖颈上裹着衣领，那靓丽的衣领上绣着诃梨子的美丽图案。她的衣襟上垂下了两条绣带，在微风中袅袅娜娜。正是椒泥涂墙的闲时，少女在闺阁中竟也学着樗蒲赌博的游戏，来赌几颗少女们喜欢吃的荔枝。少女穿着系红带子、花团簇拥的鞋子，身上的裙子缀着金线绣的花。她春思懵懂，没事的时候也喜欢蹙眉，像有什么心事似的，倒叫她的母亲疑虑重重。

　　其实，每个女孩都会经历这个过程。人渐渐地长大了，再也不是小时候那个疯狂玩耍、疯狂打闹的野丫头，再也不是小时候那个跟一群男孩下河摸鱼、上树掏鸟蛋的小女孩。她会脸红，会蹙眉，会若有所思地微笑，甚至会偷偷看着那个她爱慕的男孩从窗前走过而兴奋一晚。其实，少女的心最是柔媚，喜欢便是喜欢，爱恋便是爱恋，那双腮边的绯红骗不了自己的心。

　　千百年来的女孩子们，想必都有过这个怀春的阶段吧？只是，大多数少女或许恪守于害羞的天性，或许被遏制在吃人的礼教之内，没能表达出

来。而像和凝这么明确大胆地以一个男性的眼光来观察少女情态的文人，也是少之又少。我常常在想，是不是乱世中的儿女情更浓？或者说只有乱世中的人，无论是少女还是情人之间，才会在表达感情的时候更热烈大胆？仿佛朝生暮死的蜉蝣一般——因为懂得，所以尽欢。

而我们中国，这样尽欢的时候并不多，尤其是对被封建礼教压制了几千年的女性而言。

那个浪漫主义源头的《楚辞》中，爱慕公子的山鬼还可以尽情地喊出自己的心声"风飒飒兮木萧萧，思公子兮徒离忧"。我的心上人啊，我如此想念你，可惜你并不知道。而《诗经》中，那个急切找寻有情郎的女子还可以尽情发放自己的征婚广告："摽有梅，其实七兮。求我庶士，迨其吉兮。"意思是说，我已经长大成熟了，想追求我的男人快点来吧，过了时候可就不好啦——如此大胆浓烈，也许是少女单纯干净的爱恋吧，才会直白，才会让人觉得是桃之夭夭的艳。

可惜，到了孔老夫子这位大圣人的时候，便已经摇头叹息"唯女子与小人难养也"——字里行间透露出对女性的鄙视。甚至，汉代的卓王孙一听说女儿跟司马相如私奔了，气得吹胡子瞪眼，责怪女儿丢了自家颜面。只是后来还是出于父女之情，捐资救助了生活落魄的女儿——那个时候的女孩子应该是养在笼子里的金丝雀，由人观赏，由人软禁，看似过得安逸幸福，却来不得半点自由。

然而，这些都还不是对女性最终的压制，后世的礼制更是从肉体和精神上双重折磨着女性。也许，南唐李后主的宠妃窅娘最初真是抱着取悦帝王的心理，才会缠着小脚，仿佛从月宫飞下来的仙女在莲花状的舞台上翩翩起舞。她是妖艳的，也是幸运的，她的脚因舞蹈而更美，她的美也因李煜而更加耀眼。只是，她可曾想到，她的裹脚使得缠足成为中国传统女性千年来的噩梦，多少女孩子在童年时便被迫缠足，少女的憨态便被扼杀在这缠足的疼痛中。苏轼居然还写过一首《菩萨蛮》来赞扬女性小脚的玲珑之美："涂香莫惜莲承步，长愁罗袜凌波去；只见舞回风，都无行处踪。偷立宫样稳，并立双跌困；纤妙说应难，须从掌上看。"只是，他们可曾知道，这种变态的审美心理是以女人一生的疼痛作为代价的！

想起了鱼玄机，那个13岁便震惊文坛的绝世才女，她的诗词大胆秾丽，像是一把劈开世俗的剑，一出鞘便直指苍天。她追求着自己的幸福，想念着自己的情郎李子安，她以为她会得到幸福。可是，她忘记了自己小妾的身份，忘记了传统礼教一直圈定着小妾的忍辱温顺，她一样都没遵守。所以，她才会叹息着"易求无价宝，难得有情郎"，才会在道观里歌舞升平却守着内心的苍凉。直到她失手杀死侍婢绿翘，她的悲剧才落下帷幕。

想起了朱淑真，少女时也曾罗曼蒂克——"初合双鬟学画眉，未知心事属他谁。待将满抱中秋月，分付萧郎万首诗"。如此憧憬着自己与郎君举案齐眉、你情我愿。只是，她忘记了古代的婚姻全凭父母之命、媒妁之言，而那个与她"月上柳梢头，人约黄昏后"的男子最终也没有遇到。她的婚姻失败而又痛苦，年纪轻轻便郁郁而终。最可怜的是，死后她的遗体和书稿被狠心的父母付之一炬，应该是怕她有损他们的颜面吧。

如此众多而可怜的女性，在她们已被婚姻束缚的时候，回忆起她们少女时的"椒户闲时，竞学樗蒲赌荔枝"究竟是一种什么心态？可能也是淡淡的甜蜜掺杂着淡淡的苦涩吧？然而，无论如何，少女时的独特风情，却已不再。

《天仙子》：找不回青春过往

《天仙子·时为嘉禾小卒》·张先

时为嘉禾小卒，以病眠，不赴府会。

水调数声持酒听，午醉醒来愁未醒。送春春去几时回？临晚镜，伤流景，往事后期空记省。

沙上并禽池上暝，云破月来花弄影。重重帘幕密遮灯，风不定，人初静，明日落红应满径。

吴曾在《能该斋漫录》中谈到："张子野（张先）与柳耆（柳永）卿齐名，而时以子野不及耆卿，然子野韵高，是耆卿所乏处。"李清照也曾评价柳永"虽协音律，而词语尘下"（《词论》），可见这两位是各有千秋。张先，在宋代曾经与柳永齐名，而到了现代，知之者渐少，真是有一点可惜。但是如果谈及他的词中名句，你却很可能听过。这首《天仙子》，在我高中时常看的《语文基础知识手册》里，就收录了"沙上并禽池上暝，云破月来花弄影"一句。当时读得，即惊为绝妙好"诗"。当我和好友谈起张先时，她反问：谁啊？我随口说了几句他的词，她说有印象，就是不知道是他写的。正应了一句话：歌红人不红。

然而，张子野在世时，其文采名气远播，可是风光得很。他长晏殊一岁，与范仲淹也是同时代的人。晏殊做京兆尹时，任他为通判，最后官至都官郎中。欧阳修大赞其词，苏轼与他交游密切、有过唱和之作，王安石曾经赠诗《寄张先郎中》。

回到这首词上，先提一下词前面那一行不起眼的小字"时为嘉禾小卒，以病眠，不赴府会"。这是目前能找到的最早的词前小序，也就是说张先开了在词前写序的先河。后来姜夔受他启发，写词尤爱加上小序。张先不惑之年才中进士，这首词作于51岁，已经过了知天命的年纪。这短小精悍的三句话，交代了写作的时间、地点和缘由，"小卒"之卑位，"病眠"之弱体，还暗示了作者的心情。所以认为此词为临老伤春之作倒也恰当。

某个暮春的中午，他想借听歌饮酒来排解忧闷的心情，品着酒听了几句曲子就昏昏睡去了。一觉醒来，时间已是傍晚，醉意虽然消了，愁却未曾消减。正所谓借酒浇愁愁更愁，不仅没有遣愁，反而心里更烦了。冯延巳《鹊踏枝》有云："昨夜笙歌容易散，酒醒添得愁无限。"同样是写"欢乐极兮哀情多，少壮几时兮奈老何"的闲愁，只不过冯延巳描写的是酒阑人散、舞休歌罢之后的萧索情怀，而张先是一想到宴饮散尽之后可能更添愁绪，所以就托病连宴会也不去参加了，或者因为心情欠佳，实在没有兴趣参加。

"送春春去"，去的不仅是四季之春，还有人生的青春岁月。四季轮回，春去了还会回来，而青春却没有归期……四、五两句反用杜牧诗句"自悲临晓镜，谁与惜流年？"杜牧是写女子晨起梳妆，感叹年华易逝，用"晓"字；而此词描写的是午醉之后，又倦卧半晌，此时已近黄昏，总躺在那儿仍不能消愁解忧，便起来"临晚镜"了。这个"晚"既是天晚之晚，当然也隐指晚年之晚，此处仅用一个"晚"字，就把"晚年"的一层意思通过"伤流景"三字给补充出来了。以"晚"易"晓"，重在写实。

韶光易逝，关于年少时的风流韵事的回忆，在这生命的后期突然都鲜活地蹦了出来。而这，正是"愁未醒"的根源之所在吧？那些开心的、不开心的过往，都找不回来了。那些花儿、那些人儿，都找不回来了。只能在脑海里一遍遍重温。那些遗憾、那些悔恨，都改变不了了。走过的路，说过的

话，都收不回来了。只能在这样的黄昏"空记省"。

　　词的上片描写的是作者内心的所感所想，是抽象之物；而下片则是从具象入手，触景生情。满怀愁闷的他在暮色将临时到小园散步，夜幕逐渐笼罩了大地，只见池边有水禽并眠于沙岸上，属于静态描写。并眠的水禽更衬托出作者的孤单苦寂。云满夜空，并无月色，连散步都没有意思了。突然一阵风起，刹那间云开月现，而花被风吹动，在月光的临照下婆娑弄影。这一意外动态之美景，给他内心带来一丝安慰。由静转动，由悲转喜。王国维在《人间词话》中评曰："着一'弄'字而境界全出矣。"正如沈际飞《草堂诗余正集》评云："心与景会，落笔即是，着意即非，故当脍炙。"又杨慎《词品》云："景物如画，画亦不能至此，绝倒绝倒！"

　　"风不定，人初静"，又将思绪转移回来，这个时候人们大概都睡了，府会也该散了吧。可惜好景不常，刚才还月下弄影的姹紫嫣红，经过一夜无情的春风，恐怕明早小径上要被片片落红堆满了……由动转静，由喜转悲。形象地表达了他伤春之逝的惆怅，自嗟迟暮的愁绪。

　　关于这首词，还有一段惺惺相惜的佳话：宋子京尚书奇其才，先往见之，遣将命者谓曰："尚书欲见'云破月来花弄影'郎中"。子野屏后呼曰："得非'红杏枝头春意闹'尚书耶？"遂出，置酒，甚欢。（《苕溪渔隐丛话》前集卷三十七引《遁斋闲览》）

　　"沙上并禽池上暝，云破月来花弄影。"一首词，能有这一句就足够流传百世了；一位词人，能写出这一句就应该被后人铭记了。

《一丛花令》：别后空留痴人怨

《一丛花令·伤高怀远几时穷》·张先

伤高怀远几时穷？无物似情浓。离愁正引千丝乱，更东陌、飞絮蒙蒙。嘶骑渐遥，征尘不断，何处认郎踪？

双鸳池沼水溶溶，南北小桡通。梯横画阁黄昏后，又还是、斜月帘栊。沉恨细思，不如桃杏，犹解嫁东风。

据说这首词是张先写自己与一个妙龄尼姑的离情别绪的。据宋皇都风月主人《绿窗新话》引《古今词话》云："张生尝与一尼私约，其老尼性严，每卧于池岛中一小阁上，俟夜深人静，其尼潜下梯，俾子野登阁相遇。临别，子野不胜惓惓，作《一丛花》以道其怀。"所载字句，与《张子野集》小异。

张先一生风流，这种野史也不是空穴来风。古时出家为尼的，有些是生活所迫，或者自幼体弱多病，家人出于迷信送到尼姑庵里，并非皆为六根清净的世外之人。哪个少男不知谈情？哪个少女不会怀春？才子佳人都时值青春年少，正如干柴烈火，一触即发。因为师父看管得严，白天二人没有机会交谈，小尼只好趁师父睡着之后，半夜偷偷从阁楼爬下来与张先私会。

彼时子野也许只是路过或者短暂居住，良宵苦短，又少不了鱼水之欢，两个人缠绵的情话都没有足够的时间说完。想到聚少离多，很可能此后

一别，再没有机会相见，张先愁上心头。他在临别时作这首代言词，以小尼姑的视角来倾诉依依惜别之情。

"伤高怀远"，可以是分别时的情景，也可以是别后无穷无尽的眺望。一个"伤"字准确地为整阕词定下了感情基调。这位佳人的守望要什么时候才能到头呢？因为没有什么东西能够浓于感情，所以美人在登高处的伤怀想念是没有穷期的。正是因为浓情在，所以才有思念和伤感。感情不会因为距离而转淡，反而会像佳酿，时间愈久香气愈浓。起首两句看似所答非所问，实则正是间接的巧妙问答。

也许这也不是两人第一次分别，是美人的第N次登高怀远了，或者是别后的第N次登高远望。柳枝千条，正在乱舞。拂动那千条柳枝的不是风，是离愁。乱的是柳枝，还是观柳人的心呢？"柳"与"留"谐音，古人分别折柳相送，意为想要对方留下。如果能够通过这样的方式留下情郎，这位佳人一定恨不得折断那千万条的柳枝吧。

柳枝加深愁绪也就罢了，东边的田陌之上，居然还飞满了如雨一般的蒙蒙白絮！这可不是"梨花院落溶溶月，柳絮池塘淡淡风"那样轻逸洒脱的柳絮，却如苏轼《水龙吟》"细看来，不是杨花，点点离人泪"一句里的杨花。景物本是一样的景物，只是看风景的人心境不一样，眼中的景物就有了差别。

郎君骑马绝尘而去，马的嘶鸣声渐远，最后都听不见了，扬起的飞尘已被后来者覆盖，连留下的最后一丝痕迹都被破坏了……可以想象她此刻的心情。

鸳鸯成双成对，更衬托着美人的形单影只，此处也是暗指两人曾经如双鸳一样幸福。"南北小桡通"点出了幽会的经历。转眼又是夜晚，同样的斜月，梯子横在那里，却没有可以约见的人。这句"梯横画阁黄昏后，又还是、斜月帘栊"，让我联想到了"月上柳梢头，人约黄昏后"，也是文章开篇野史的一个佐证吧。

因为自己是出家人，不能还俗，所以才有深深的苦恨，恨自己不能随君而去，不能喜结连理。生而为人，还不如那满树的桃花杏花，她们还能够嫁给东风，我却只能独守空房！最后两句是全词的点睛之笔。唐朝王建《宫词》云："自是桃花贪结子，错教人恨五更风。"李贺《南园》有诗云："可怜日暮嫣香落，嫁与东风不用媒。"张先推陈出新，青胜于蓝，将一位痴心女子的幽怨表达得如此细腻生动，深为世人赞赏。

相传欧阳修深爱"不如桃杏，犹解嫁东风"二句。子野去拜谒欧阳修，后者忙乱中倒穿鞋去迎接，赞曰："此乃'桃杏嫁东风'郎中。"（《历代词人考略》卷十引《黄妳余话》）可见欧阳修对他这首词以及对他的才气的喜爱之深！

爱情里最大的遗憾，莫过于有缘无分。子野与妙龄小尼的爱情，是人世间千万个无奈的感情悲剧中的一出。

《菩萨蛮》：最美不过解语花

《菩萨蛮·牡丹含露珍珠颗》·张先

牡丹含露珍珠颗，美人折向帘前过。含笑问檀郎，花强妾貌强？

檀郎故相恼，刚道花枝好。花若胜如奴，花还解语无？

在张先众多被称颂不绝的词作中，我最爱的却是这一首不太起眼的小词。它没有那么多华丽的辞藻，没有那么多的离情别绪、哀怨伤怀，只有轻松诙谐的浪漫情调。他以白描的手笔，绘出了一对小夫妻的小甜蜜、小幸福。

雍容华贵的牡丹，是艳冠群芳的"花中之王"。在暖春阳光明媚的清早，牡丹花瓣上凝结的朝露还未消散，那颗颗露珠在阳光折射下，如珍珠般圆润明亮。美人折了一枝牡丹从丈夫门前走过，面带笑容满怀期待地问：是花更美还是我更美啊？

没想到丈夫偏不想如她所愿，故意逗她说：花更漂亮。娇妻立即反驳他：花怎么能比我还美？它能陪着你逗趣吗？哼！

檀郎，就是西晋著名的美男子潘安。他原名潘岳，字安仁，乳名叫檀奴。南朝宋刘义庆著《世说新语·容止》曰："（潘岳）妙有姿容，好神情。少时挟弹出洛阳道，妇人遇者，莫不连手共萦之。"刘峻也曾言："安仁至美，每行，老妪以果掷之满车。"说的是潘岳年轻时，坐车到洛阳城外游玩，沿路女子见了他，纷纷把手中的果物扔给他，表达爱慕之情，于是民间就有了"掷果盈车"之说。有意思的是，当地有个叫张孟阳的人，相貌奇丑，他也学着潘岳的样子去郊游。不过每次出门，沿路女子就往他车上吐唾沫，扔石头，倒也满载而归，可惜只是石头和唾沫。这分明是男版的东施效颦了！可知"外貌协会"自古便有，并不是什么新鲜事物。

潘安是我所知道的古代排行第一的大众偶像。女人喜欢上一个男人，自然就觉得他貌比潘安，所以后来人们用"檀郎"或"檀奴"作为对美男子或女子心上人的代称，这样的称谓也在情理之中。男人喜欢上一个女人，当然也会认为她最美，与什么西施、貂蝉、杨贵妃、王昭君相比都不在话下，但是自古那么多红粉丽人，没有一个人的名字成了美女的代名词，不仅仅是出名的人太多这个原因吧。女人都是善妒的，用其他人的名字来代称自己，即使是赞美，终究还是心有不甘。而男人则不计较那么多，被潘安代言就被代言，反正他都是入了土的古人，又不会穿越回来跟自己比美。

这首词一说无名氏所作，而且还有另外一个版本：

牡丹含露真珠颗，美人折向庭前过。含笑问檀郎，花强妾貌强？
檀郎故相恼，须道花枝好。一向发娇嗔，碎接花打人。

细细品味最后两句，可知两者的意境存在差别。前者的女人聪明机敏，立即出言反驳丈夫，而后面这首则不然。"一向发娇嗔，碎接花打人"的女子，不过就是普普通通的小女人，可能比较爱撒娇装傻的那种。我个人认为前者更好。

"花若胜如奴，花还解语无？"这句话表现出了妻子的机敏和智慧，因为要说出这样的话，还必须知道一段典故。《开元天宝遗事》卷下记载："明皇秋八月，太液池有千叶白莲数枝盛开，帝与贵戚宴赏焉。左右皆叹羡久之。帝指贵妃示于左右曰：'争如我解语花！'"在贵戚大臣争相赞叹白

莲之美时，李隆基却指着杨贵妃对大家说："（那盛开的白莲）哪里有我的'解语花'美呢！"

昔者杨玉环集三千宠爱于一身，靠的可不仅仅是丰腴的身体和闭月羞花的美貌。她必然是李隆基的知己，不仅仅在生活上非常清楚他的喜恶，对他的性格也有充分了解，知道他的内心所想，才能长期讨得他的欢心。

两个人相爱了，只是万里长征的第一步。相爱不易，相处更难。遇到爱情再难，也难不过守护这份感情。两个人的性格、习惯、双方的家庭、事业、交际圈等因素都可能给他们出难题。如何躲过一劫又一劫，转危为安，需要的是智慧，是信任，是包容，是逐渐取代爱情的亲情。

这首词刻画的只是小夫妻日常生活中的一个细节，但却能给你最深的触动。从明知故问，到故意相恼，再到机智反驳，人物神情仿佛跃然纸上。因为这首词有一点"非主流"，很少入选诗词选集。我有幸在龙榆生先生编选的《唐宋名家词选》中读到这首词，可谓是一种缘分。

《归朝欢》：谁人不盼春宵永

《归朝欢·声转辘轳闻露井》·张先

声转辘轳闻露井，晓引银瓶牵素绠。西园人语夜来风，丛英飘坠红成径。宝猊烟未冷，莲台香蜡残痕凝。等身金，谁能得意，买此好光景。

粉落轻妆红玉莹，月枕横钗云坠领。有情无物不双栖，文禽只合常交颈。昼长欢岂定，争如翻作春宵永。日曈曨，娇柔懒起，帘压卷花影。

此词是张先描写艳情词作中的极品。他一生风流，不知作这首词时，陪伴他的是哪位红粉佳人呢？

春宵苦短，天微微亮了，可以听得见露井有人提水的辘轳转动声。西园里有人说昨夜的风吹落一地残红。同样是落红，在他的《天仙子》里，"风不定，人初静，明日落红应满径"倾诉的满是感伤哀怨，而这里的"丛英飘坠红成径"不仅没有一丝愁绪，还让人感觉华丽奢侈。试想在一个美丽的小花园里，踩着留有余香的花瓣铺成的小径，这样的待遇给人的幸福感和满足感，不亚于颁奖典礼上红地毯铺就的星光大道吧。

香炉里温度犹存，烛台上凝结了熏香蜡烛的残痕。两个共度良宵的人，也许是新婚，也许是小别胜新婚，或者是正处于热恋之中吧。所以他才

能出此狂言：等身金，谁能得意，买此好光景。钱能买到食物，却买不到食欲；钱能买到服务，却买不到关心；钱能买到房子，却买不到家……虽说没有钱是万万不能的，但钱真的不是万能的，而且钱买不到的东西，正是世人苦苦追寻、视为珍宝的。与美人而且是有情人相拥而眠，巫山云雨，这样的好光景，即使拿体积和我人一样大的金子，也不可能买得到！李白说"千金散尽还复来"，钱财乃身外之物，没了还能再赚，但是两个人的感情如果没了，就真的没了。

说起钱这"阿堵之物"，我觉得用马克思他老人家的唯物辩证法看待很不错。他说物质决定意识，物质基础决定上层建筑，在一般情况下是对的。但是辩证地看，人具有主观能动性，还会做出一些看似反常的行为。比如，一个月工资仅够糊口的小女生买了一件几千块的衣服，无非是想犒劳自己一下，所以做出了超出了自己这个阶层的行为。而一个富家女爱上一个穷小子，这也很正常，因为不是每个人都在乎物质，特别是富家女，嫁妆也好，遗产也罢，她已经有足够的钱了，所以在乎的是对方的相貌、才情、人品等方面，这也是物质决定意识的一个事例。

词的上片侧重环境描写，通过对房间外面声音、对话的铺陈，突出了两个拥被而眠的人并未睡着的情形。试想佳人在侧，亲昵欢爱自不会少，就那么一点儿时间，哪里会舍得睡觉呢？所以下片接着开始描写身边的美人了。

粉落轻妆，双唇仍红润如玉，皮肤还是白如羊脂；香枕上的面庞如满月，钗已经快掉下来了，如云的秀发垂到了领际。至此两句就把她的美描绘得淋漓尽致，让人浮想联翩。你看那连理枝、连根树，那双宿双飞的莺莺燕燕，有情的一切生物都会"双栖"，更何况人呢？美丽的鸟儿表达爱意的方式就是"交颈"，人表达爱意的方式虽然很多，亲吻抚摸拥抱和做爱都是最直接有效的。所以词人才会依依不舍的说：天亮了就不能继续欢爱了吗？这么长的白天可怎么挨过去啊？！要是一天24小时都是春宵之夜该多好！两个人肯定都想继续躺在床上卿卿我我，能赖多久就赖多久。

最后三句，是全词的亮点。"日曈昽"，就是说太阳光逐渐亮了起来，不得不起床了。只此一句"娇柔懒起"，美人的神态就活了。读着读着，仿佛那花容月貌、春宵疲惫的娇娘就在你面前一样。"帘压卷花影"，一作"帘压残花影"、"帘卷残花影"。具体意义的理解也只能根据个人的主观臆测了，我比较喜欢"帘压卷花影"。珠帘半卷，门外的花影，还有门内的花影，都被这半卷的珠帘隔着，看不真切，却越发增加了朦胧之美。

有人对张先说："人皆谓公张三中，即心中事，眼中泪，意中人也。"张先回答说："何不谓之张三影？"对方不解何意。他说："云破月来花弄影。娇柔懒起，帘压卷花影。柔柳摇摇，坠风絮无影。此余生平所得意也。"（《苕溪渔隐丛话》前集卷三十七引《古今诗话》）也就是因为这个原因，世人对他的称呼由"张三中"改为了"张三影"。

这首词让我想起了林夕作的歌词：只要多一秒，停留在你怀里，什么都愿意，什么都愿意，为你……

《剪牡丹》：相逢何必曾相识

《剪牡丹·舟中闻双琵琶》·张先

舟中闻双琵琶

野绿连空，天青垂水，素色溶漾都净。柔柳摇摇，坠风絮无影。汀洲日落人归，修巾薄袂，撷香拾翠相竞。如解凌波，泊烟渚春暝。

彩绦朱索新整。宿绣屏、画船风定。金凤响双槽，弹出今古幽思谁省。玉盘大小乱珠迸。酒上妆面，花艳眉相并。重听。尽汉妃一曲，江空月静。

这首词是张先的代表作之一，词中即有他自己最得意的"三影"之一。上片用铺叙的手法写景摹物。作者站在船头极目远眺，春天新绿的原野一直绵延至天际，而蓝蓝的天又一直垂到了水面，视线从绿野到青天，最后又回到了江水。一个"垂"字把远望中天水相接的感觉表现得极为形象。江水"素色溶漾都净"，类似谢朓诗"澄江净如练"（《晚登三山还望京邑》），"素色"即白色，那白茫茫的江水非常明澈洁净。起首三句环境描写，用了绿、青、白三种颜色，描绘出了一幅素雅明丽的春色背景。

子野以其拿手的炼字功夫，通过视线的转移，生动地画出了一幅江上美景：晴空与绿野相连，青绿交相辉映；波光粼粼，天光云影倒映其中，蓝色和白色融为一体。整个景象的视野寥阔无垠，绿色给人生机与希望，蓝白色调则偏向静态，让人内心安详。在这如画的背景中，"柔柳摇摇，坠风絮无影"，这二句，可谓平中见奇，意味隽永。柳树成荫，路上静无一人，微风吹拂，轻絮飘舞，在微暗的树荫中，依稀看见它们在游荡回转，而一点影子也不留在地面，仿佛这个世界它们都未曾来过。这是怎样的一种动中显静啊！虽然只是把眼前景物径直写出，淡墨着笔，却给人回味无穷的至深印象。

就在张先沉浸在这极静之美时，不知不觉日落汀洲，远远地就能看见归人的身影，人影镶嵌于晚霞的幕布上，十分妍丽。随着那身影渐走渐近，看得也越来越清楚，只见美人身着修长的巾带，薄薄的衫袖，雅丽非凡。衣衫随风飘举，一幅飘飘欲仙的姿态。由下句"撷香拾翠相竞"可知，美人不是孤身一人，她与人结伴春游，在芳洲上采香草、拾翠羽。古代女子常在春季到郊外拾野鸟的各色羽毛，采撷各种香草。此处化用曹植《洛神赋》"或采明珠，或拾翠羽"之句，以洛水众女神之美来形容汀洲归来的几个女子的美色。

惊为天人的几位美女登上船，并停泊洲边，在水边过夜。"凌波"还是化自《洛神赋》，再次将她们比作洛神，说明他对与她们相遇有非常惊喜和难以置信之感，同时也表现出了作者对她们的倾慕之心。"烟"字为整个环境涂上了一层烟水凄迷的朦胧色彩，为下片抒情做好铺垫。

美女们回到船上之后，经过一整天"撷香拾翠"的春游，有些风尘仆仆，所以赶紧盥洗梳妆，娇丽的容颜焕然一新。"彩绦朱索"，指五颜六色的彩带，属于女子身上的装饰物，这里是借代手法，泛指美人身上的衣饰。重新打理了外表的她们，可以慢悠悠地享用晚餐了，或者离晚饭做好还有一段时候，怎么打发时间呢？弹弹琵琶吧。

"金凤"代指琵琶，出自乐史《杨太真外传》："妃子琵琶逻沙檀，寺人白季贞使蜀还献。其木温润如玉，光耀可鉴。有金缕红文，蹙成双凤。"故苏轼《宋叔达家听琵琶》诗云："半面犹遮凤尾槽。""槽"是琵

琶上架弦的格子，"响双槽"，表明是两把琵琶同时弹奏。在这优美的乐声里饱含着今古幽思，而"谁省"一词表明知音少，作者认为自己就是弹奏琵琶的美女的知音。

"玉盘大小乱珠迸"由白居易《琵琶行》中的"大珠小珠落玉盘"化来，将听觉转化为视觉形象来描述，恰到好处地表现了音乐旋律的跌宕起伏，高昂处如急风暴雨，低回处如儿女私语，令人耳不暇接。人物的感情时而慷慨激昂，时而低回婉转，皆随乐声起伏，曲曲传出。乐声已至高潮，然又戛然而止。

难得遇到知己，张先隔船相邀，举杯换盏，借酒消愁。琵琶女略有醉意，面颊绯红，与艳丽的花朵一样娇媚。酒后双眉"相并"，也就是愁怀不释，既然遇到了知己，欲一吐为快，于是重奏一曲。"汉妃一曲"可能是指王昭君远嫁匈奴，马上弹琵琶的故事。晋石崇《王明君辞序》载："昔公主嫁乌孙，令琵琶马上作乐，以慰其道路之思；其送明君，亦必尔也。"这一曲也可能兼指以昭君出塞故事谱写的琴曲《昭君怨》。无论怎样，因为昭君的故事引发的"今古幽思"，无非是作者和琵琶女离乡背井、流落江湖的身世之感。

同是天涯沦落人，相逢何必曾相识。知己不需要相识几十载，一面之缘的人也可能心有灵犀。他和她曾经相遇，相视一笑，默默无言。因为有些东西说出来，韵味就没了。就像这首曲子一样，由爱恨情愁演绎出来的音符之舞需要自己用心去聆听。待到曲终人不见，唯有江空月静。

《木兰花》：月下品一壶安然

《木兰花·乙卯吴兴寒食》·张先

乙卯吴兴寒食

龙头舴艋吴儿竞，笋柱秋千游女并。芳洲拾翠暮忘归，秀野踏青来不定。

行云去后遥山暝，已放笙歌池院静。中庭月色正清明，无数杨花过无影。

古时没有照相机、摄像机，记录某一场景只能靠文字和绘画，而绘画也只是少数人的专利，《清明上河图》那样的巨制在古代非常罕见。所以文人的笔墨就是相机，或许正因为如此，古人的文字功底才比我们这些现代人强出了太多。

此词的小序为"乙卯吴兴寒食"，因此可知描绘的是一幅寒食节日的风俗画。乙卯年是宋神宗熙宁八年（公元1075年），当时张先已是85岁高龄，而吴兴是他的家乡。寒食节在清明节前一两天，据《荆楚岁时记》载："去冬节（冬至）一百五日，即有疾风甚雨，谓之寒食，禁火三日。"

相传寒食节是纪念介子推的。介子推何许人也？春秋时晋国因为王位继承爆发宫廷内乱，太子遇害，公子重耳出逃，随行贤士五人中就有介子

推，他随重耳逃亡在外19年。有一天重耳因为饿得昏死过去了，介子推为了让重耳活命，跑到山沟里把自己腿上的肉割了一块，与采摘来的野菜一起煮成汤给重耳吃。当重耳吃完肉知道真相后，大受感动，声称有朝一日做了君王，要好好报答介子推。

可惜等重耳成为晋文公的时候，并未实践当年的誓言。介子推也没有邀功，他觉得割股为重耳充饥是一个臣子应该做的，于是和母亲一起隐居山林。后来晋文公去山里寻他不着，下令放火烧山，介子推母子俩葬身火海。晋文公事后又猫哭耗子，做了很多举措表示懊悔，我个人觉得都太假。放火烧山有恼羞成怒的谋杀嫌疑，因为介子推的大贤让晋文公的忘恩负义昭然天下。

千百年后，节日原本的含义已经荡然无存，演变成为人们放松玩乐的理由。在张先那个时代，寒食节这一天是古人出城扫墓和春游的日子，有斗鸡、打球、荡秋千和赛龙舟等游戏和娱乐活动，郊野一片热闹。

舴艋是江南水乡常见的一种形体扁窄的轻便小舟，饰以龙头，是乡民们为节日临时准备的简易龙舟，虽无锦缆雕纹，却很有地方特色。一个"竞"字既写出了划桨人的矫健和船行的轻疾，又能让人联想起赛龙舟的热闹场景。耄耋之年的子野已经不能像年轻小伙子一样去参加龙舟赛，只能旁观他人的热闹了，好在旁观一点也不影响对节日欢乐的享受。当他看到吴中的健儿们粗壮有力的臂膀驾舞着龙舟在水面飞驶竞渡的壮观场面，看着两岸在喧天的锣鼓声中呐喊助兴的男女老少等观众们，虽然口里不喊出声来，心里一定也是默默为他们鼓劲加油，为领先者捏一把汗的。

寒食节里最开心的莫过于女孩子了，因为古代未婚女子是不能随便出门的，寒食节这一天是个例外。姑娘们可以暂时放卜手中的针线活儿，走出深闺，三三两两，荡荡秋千，尽兴踏青游玩。"笋柱"是指竹制的秋千架。只见出游的女孩子们并排荡着秋千，构成了一道亮丽的风景。那些少女们都是豆蔻年华，长辈们不停地教导着她们必须举止端庄，平时不得不压抑着骨子里那股青春特有的活泼劲儿，在这草长莺飞的春天里才可以尽情释放，当然会乐而忘返了。更何况还能观看那年轻男子们展示男人气概的赛龙舟等比赛，内心的兴奋欣喜自不必言。而她们在男人眼中，可谓是这个节日最吸引人之处了。古诗词中常以踏青和拾翠并提，如吴融《闲居有作》："踏青堤上烟多绿，拾翠江边月更明"。这首词的上片着重描写的是寒食游春的人物和各种活动，表现了美好春光下游人的欢乐畅快。

行云去了，游人散了，远山逐渐淹没在暮色里，笙歌过后，郊野显得格外宁静。词的下片由动转静，而夜晚的安静更加衬托着白天的热闹。子野在垂暮之年内心多了一份淡然，不再吟唱曲终人散的伤感。在这个节日的晚上，独坐在庭院里，欣赏春宵静谧优美的夜景，别有一番情趣。

月色清明，甚至可以看见点点杨花飞舞；而杨花飞过不留踪影，说明月光明而不亮，给眼前的一切景物都罩上了一层薄纱，看起来有一种朦胧之美。此外，最后两句还寓情于景，反映出子野在游乐一天之后，心情非常恬淡舒畅。

朱彝尊在《静志居诗话》中说："张子野吴兴寒食词'中庭月色正清明，无数杨花过无影'，余尝叹其工绝，在世所传'三影'之上。"我觉得他所写的"影"各有千秋，在这首词中"影"的高超之处在于他心境的转变，那是岁月沉淀的安然。

我们时时刻刻都在老去，在你为老去担忧烦恼之时，更加速了衰老的过程。面对衰老，面对死亡，很多时候不敢想，假装把这个问题遗忘。其实生命就是一个过程，终点站在哪里并不重要，珍惜沿途的风景，珍惜和你一起看风景的人，这就够了。要相信时间虽然带走了青春，留下的是更宝贵的记忆，还有智慧。

《青门引》：明月不解相思情

《青门引·乍暖还轻冷》·张先

乍暖还轻冷，风雨晚来方定。庭轩寂寞近清明，残花中酒，又是去年病。

楼头画角风吹醒，入夜重门静。那堪更被明月，隔墙送过秋千影。

"清明时节雨纷纷，路上行人欲断魂"，在清明这个祭奠的时节，人是最容易伤感的。因为逝者已矣，生者徒留思念伤悲。张先活了89岁，在宋代词人中是绝无仅有的老寿星。人活得越久，送走的人也就越多。那些亲朋至交、红颜知己，有的已经入了土，甚至有些是英年早逝、香消玉殒，活着的人每每回想起来，又如何能不欷歔呢？

天气的阴晴雨雪，最容易影响感情细腻之人的心情。张先作为一个擅长诗词写作的文人，无疑是非常感性的。这样一个刚刚变暖还有一点点冷的春天，刮风下雨一整天，或者还可能是连着几天阴雨，到晚上才云开雨停。阴冷的天气，连绵的雨水，必然会使人的心情有些抑郁，越发多愁善感起来。

心情不好的时候，身边有人陪着，郁闷会顿减很多，甚至可能开心得忽略了天气的阴晴变化。可惜子野此时是孤身一人——"庭轩寂寞"。他夜晚坐在雨后的小院里，以寂寞为下酒菜，品着小酒。风雨过后，残花满地，一阵微风拂过，又有花瓣落在桌上，甚至落进酒杯之中。望着月亮，想起清明将近，不禁愁上心头。年年都是在这个时候，心病发得厉害。此处有人理解为伤春。清明节将近时确实是晚春时候，花已凋零，自然界的变迁让人联想到人世的沧桑变化。花谢则象征着美好事物的破灭，所以心情忧郁，去年如此，今年也不例外。这样的解释也讲得通。但我个人更倾向于词人因为清明将近，格外思念已经不在人世的心上人，所以做此词排遣内心的苦闷。

正如子野的好友苏轼在《江城子》中悼念亡妻所写："十年生死两茫茫，不思量，自难忘。千里孤坟，无处话凄凉。"有些人，不用努力去想，因为根本时时刻刻都没有忘记。太爱了，就会觉得心是与对方同在的，生命是彼此紧紧系在一起的，生活中的每一个细节，都渗透着他的气息，所以何须"思量"？有情人都希望可以同年同月同日死，合葬于一处，至死也不分离。但古往今来，除非两个人一起死于横祸，没有几个人能做到殉情。生者苟活于世，只能思念对方罢了。谁说世界上最遥远的距离不是生与死？活着还可以相见，即使分别了，还有可能再见。只要活着，就还有希望。而人死了不过化作一抔黄土，断不可能再见了，除非在梦里。生与死的界限，是最遥远、最令人绝望的。

凄厉的画角声，轻冷的晚风，使酒后酣睡的人从梦中醒了过来，同时酒也醒了过来。黄蓼园评云："角声而曰风吹醒，醒字极尖刻。"（《蓼园词选》）这一个"醒"字，表现出画角声和晚风并至而醉人不得不苏醒的一刹那间的心理反应。伤心人被迫醒来自是痛苦不堪，只见入夜后重门紧闭，世界静得可怕。这安静让人觉得有一点毛骨悚然，想摆脱又无计可施，心情更加黯然，更加沉重。那重重深闭的院门，就和作者重重紧锁着的心扉一样。

月光不解人情，本来醒后更加愁闷无眠的人，被思念苦闷深深折磨着，它还把隔壁那秋千的影子隔着墙投了过来！秋千，是一个记忆的凭借，他也许曾经看着她荡秋千，或者两个人一起荡过吧。在这个月夜里触景伤

怀，真可谓雪上加霜。黄蓼园对此句甚为激赏："末句那堪送影，真是描神之笔，极希微窅渺之致。"（《蓼园词选》）月光下的秋千影子是幽微的，描写这一感触，也深刻地表现了词人抑郁的心灵。"那堪"二字，揭示了子野为秋千影所触动的情怀，他甚至对月光这样的举动也有一丝幽怨。读到最后，我已辨不清那秋千影是真是假，也许是子野思念太甚，产生了幻觉。此时此刻，真真假假，也已经不重要了。

总之，这篇春日怀人之作，用景表情，寓情于景，"怀则自触，触则愈怀，未有触之至此极者。"（沈际飞《草堂诗余正集》）全词虽未对人着一笔，却无处不透露着对人的至深思念。正可谓：情到深处，一草一木总关情。

《青门引》：青天难老情不绝

《青门引·数声鶗鴂》·张先

　　数声鶗鴂，又报芳菲歇。惜春更把残红折。雨轻风色暴，梅子青时节。永丰柳，无人尽日花飞雪。

　　莫把幺弦拨，怨极弦能说。天不老，情难绝。心似双丝网，中有千千结。夜过也，东窗未白凝残月。

　　此词是张先词作中少有的直陈心事之作，也是最能打动我心之作。

　　每一年的春天，万物复苏，百花争妍，一派生机勃勃的景象。可是春去之时，风卷残红，与之前的盛景形成强烈的反差，再加上相思离别等等愁绪，那些多愁善感的骚人墨客才会写出这许多伤春之作。

　　《临海异物志》曰："鶗鴂，一名杜鹃，至三月鸣，昼夜不止，夏末乃止。"鶗鴂不仅叫声悲切，催人泪下，而且有"杜鹃啼血"的传说，自古便常出现在诗词里。《离骚》有"恐鶗鴂之先鸣兮，使夫百草为之不芳。"白居易《东南行一百韵寄通州元九侍御等》云："残芳悲鶗鴂，暮节感茱萸。"而这首词的开篇，以鶗鴂的鸣叫声确定了悲伤的基调，并且作者根据鶗鴂开始啼叫可以判断，此时已是暮春时节，百花大都凋谢了。

　　又是一年春去，又是一年相思苦。人生苦短，最禁不起折腾的就是青春了。从十几岁情窦初开，到二十几岁踩着青春的尾巴，短短十几年弹指

一挥间就过去了。张爱玲说："出名要趁早"。谈恋爱也是如此。趁着年轻，还有的是时间，多谈几次恋爱，丰富一下感情生活阅历，是人生的一笔财富。但可惜的是，很多人都没有把握好那青涩年华赐予的机会。他们也许在忙着学习，或者在暗恋一个人没有表白，更惨的莫过于表白无果的单相思了。

记得有一句网络流行语说得很好："不要因为一时寂寞而爱上一个错的人，也不要因为爱错一个人而寂寞一生。"如果爱可以那么理智就好了。可惜我们很难事先设定好爱的剧情和台词，爱情更像一场意外，发生在某个瞬间，由不得你拒绝，让你来不及逃开。张先写这首词的时候，不知爱的是哪一位佳人，让他写得这么动情，可见情之深、痛之切。

因为惜春，更要把残红折下来保存，免得被无情的风雨摧残掉。这一枝残红，还可以夹在书页里，时不时翻开看看，聊以慰藉对春的殷殷思念之情。这残红代表的，不仅仅是春天，更是两个人在风雨中飘摇的爱情。梅子青时遭遇雨水，表面上是写当时的景物，但实际上是语意双关，表达的是青涩的爱情还未成熟就遭受了破坏。残红还可以收藏起来保护，自己对挽回这份感情却无可奈何！就像永丰柳一样，只能任柳絮雪一样飞走，留下自己呆立在原地，什么也做不了。爱情如柳絮被风吹去而无踪影，内心的怨恨自不待言。

幺弦是琵琶的第四弦，"弦幺怨极"，内心已经如此愤恨，不能再听那幺弦之音了，可能是自己在感情上已经受不了这不平之音的刺激，或者不想将内心的极度怨恨通过琴弦表露出来。"天不老，情难绝"，这两句信誓旦旦的话很容易让人联想到汉乐府《上邪》："上邪！我欲与君相知，长命无衰竭。山无棱，江水为竭，冬雷震震，夏雨雪，天地合，乃敢与君绝。"张先以短短六个字道出了自己对爱坚守的决心！相爱而不能在一起，对两个人来说都是解不开的心结。所以他以双丝网来形容自己的心，心里满满地装着无穷的"思"，无数的结……一结思念，一结伤悲，一结遗憾，一结愤恨，一结幽怨，一结执著……每一个结都代表了一份爱，是无尽的爱编织了这一帘纠结。

因为思念和纠结，所以"夜过也"仍未眠。"东方未白凝残月"，一个"凝"字表现出了作者非凡的炼字功夫。残月就要退去了，天还未白，月有些不舍，凝在那里不动弹。

对琼瑶熟悉的人一定对这首词不陌生，因为《心有千千结》是她的一篇小说名。她有句云："匆匆太匆匆，几度夕阳红。心有千千结，窗外蒹葭风。"而《上邪》先后两次被化入《还珠格格》主题曲的歌词里，不知是否也是因为这首词的缘故呢？

叹世间多少悲欢离合，遗憾幽怨，诉与谁人说？爱就是爱，不需要理由，也不用问值不值得。人间自是有情痴，此恨不关风与月。

《谢池春慢》：短暂相逢长相思

《谢池春慢·缭墙重院》·张先

玉仙观道中逢谢媚卿

缭墙重院，时闻有、啼莺到。绣被掩余寒，画幕明新晓。朱槛连空阔，飞絮知多少？径莎平，池水渺。日长风静，花影闲相照。

尘香拂马，逢谢女、城南道。秀艳过施粉，多媚生轻笑。斗色鲜衣薄，碾玉双蝉小。欢难偶，春过了！琵琶流怨，都入相思调。

根据小序即可知此词为艳遇词。

当时张先住在深宅大院里，重重高墙环绕，是那不时听见的莺儿啼叫提醒着自己春天来到了。"绣被掩余寒"，可见寒冷的不仅是天气，还有孤身一人寂寞的心。如果是两个人相拥而眠，断不会感到冷吧。春天到来时，总能让人的心萌动起来。透过画幕，看见新的一天的晨曦降临了，心想着不知又是怎样无聊的一天呢？

不知这一天子野前往玉仙观是郊游踏青，还是求签祈福，抑或是喝茶访友。总之他此时的身份不是寻常布衣，也许是在朱户里住得太闷了，出来散散心吧。宅男也不是人人都做得了的。没想到一出门，居然遇到了绝色美女！

骑在马上，意气风发的子野，突然闻到了一阵幽香。据说仙女过处起微尘，而且那微尘自然是香的，所以美若天仙的谢媚卿身边有香尘也是正常的。这位大名鼎鼎的美人什么模样呢？"秀艳过施粉，多媚生轻笑"。即使不施脂粉，素颜也强过那些涂脂抹粉的庸常莺燕；轻轻一笑，百媚顿生，叫看见她微笑的男人失魂落魄。谢媚卿应该不是她的真名吧，可能是因为这"多媚"的容颜才得此名。

才子佳人相逢时一见钟情的故事有很多，结局当然也有很多种。张先与谢媚卿，好像只有这么一面之缘，据记载后来这位美人"嫁为市井民妻，不得志殁"。男人不得志，是事业未成，抱负未展。女人不得志，在古代就是没有嫁对人。所以俗话说的好：男怕入错行，女怕嫁错郎。古人因为贞操观念，一个女人的第一次非常重要，嫁人之后贬值得太厉害。而女人没有什么事业，唯一一次翻身的机会就是嫁个好人，即使不是个绩优股，至少也得是个潜力股吧。正应了那句"上帝给谁的都不会太多"，红颜往往是薄命的。谢媚卿不仅与张先"欢难偶"，最后嫁给了一介布衣，当时是看走了眼，还是委身下嫁呢？

《绿宿新话》卷上有一段引语，叙述了张先作这首词的缘由："张子野往玉仙观，中路逢谢媚卿，初未相识，但两相闻名。子野才韵既高，谢亦秀色出世，一见慕悦，目色相接。张领其意，缓辔久之而去。因作《谢池春慢》以叙一时之遇。"夏敬观评此词云："长调中纯用小令作法"，别具一番风味。

而此次偶遇之后，张先对她一直念念不忘。侬本多情，怎奈何此生两个人没有缘分。一面之后，幽怨的琵琶曲中，调调都是相思。我们今天能够看到他写的一些经典词作，也许还真得感谢谢媚卿带给他的相思和遗恨吧。

《满江红》：东风吹散花与叶

《满江红·飘尽寒梅》·张先

飘尽寒梅，笑粉蝶游蜂未觉。渐迤逦、水明山秀，暖生帘幕。
过雨小桃红未透，舞烟新柳青犹弱。记画桥深处水边亭，曾偷约。

多少恨，今犹昨；愁和闷，都忘却。拼从前烂醉，被花迷
着。晴鸽试铃风力软，雏莺弄舌春寒薄。但只愁、锦绣闹妆时，
东风恶。

岳飞最著名的词就是一首《满江红》："三十功名尘与土，八千里路
云和月""莫等闲，白了少年头，空悲切"，励志得让人热血沸腾，所以印
象里这个词牌表达的都是"怒发冲冠"的豪迈。直到读了此词，才知道《满
江红》也可以用来抒发婉转的儿女情长。

这是一首追念夕日恋情之作。张先一生不知道有过多少情人，娶到家
的妻子不算，至少纳过六个小妾，而且其中有一妾是85岁时纳的。苏东坡等
挚友去拜访他，谈及此事时，张先满面春风地随口赋打油诗一首云：

我年八十卿十八，卿是红颜我白发。
与卿颠倒本同庚，只隔中间一花甲。

苏轼曾作诗道："诗人老去莺莺在，公子归来燕燕忙。"虽是戏谑，但对于子野，却也非常贴切。红颜与白发相配，不知道有几分是出于真情？平常人都很难理解和相信其中的浪漫成分。就像杨振宁82岁时娶了28岁的翁帆，前几年一度成为热门新闻话题，羡慕赞赏者有之，怀疑诽谤者亦有之，但其中有多少真感情，只有当事人自己清楚。

在一个乍暖还寒的早春，梅花刚刚谢幕，连最殷勤、最爱热闹的粉蝶和游蜂都未曾察觉春姑娘的到来。一个"笑"字，不仅暗示着作者这个有心人先蜂蝶们感到了春意，更渲染出了暗暗自喜的生动活泼之情趣。渐渐地，天越来越暖和了。水蓝了，山绿了，大地回春，人们沉睡的春心也醒来了。"过雨小桃红未透，舞烟新柳青犹弱。"春雨润物细无声，雨后那桃树带着几点嫩红，呈现出一种含苞待放的姿态；柳树刚刚发出来的细芽儿，只有远远看去才有一层如烟似雾的新绿。一幅虽然清淡却非常明艳的春景图就这样展开在眼前了。

子野回忆起了在若干年前，同样是这个季节，曾和一位红粉知己偷偷地相约在桥那边的凉亭里。在鲜明亮丽的春色里，和她执手相望，诉说着情话，间或携手漫步同游，多么甜蜜的时光。在子野眼中，她青春的面庞动人心弦，一定是娇嫩得更胜春色。

往日的甜蜜都成为云烟，只留下永无穷尽的怀念，使自己沉湎于犹新的记忆中；常常因为醉心于旧日的美好情境，而忘却了眼前的愁恨凄凉。这说明他内心对伊人的那份爱，未曾走远。仍然记得她的歌声，像晴空的鸽铃，在柔和的春风中荡漾；像娇小的雏莺，在薄寒的春林里弄舌。而自己被这娇艳欲滴的花儿迷得神魂颠倒，经常痛饮以至于烂醉如泥。歌声佐酒，美人在侧，酒不醉人人自醉，子野为了表达内心的喜悦和男人的豪迈，更是拼了命地喝。晏几道的《鹧鸪天》也有"彩袖殷勤捧玉钟，当年拼却醉颜红"之句。可见男人都是爱装的，别管酒量怎样，该逞强的时候就得逞强。

词的结尾如这往昔甜蜜的爱情一样，凄怆地收场。以"东风"摧残百花比喻着横亘在两人之间的障碍，使美好的地下恋情戛然而止。东风，可以

说是非常可怜无辜的，千百年来被骚人墨客们痛骂，只因为它的到来预示着春天的结束、百花的谢败。它逐渐成为感情的杀手，因为那些文人们不能直抒胸臆，必须找个事物在诗词里扮演这一反面角色。

一个风流才子，缅怀着一段有始无终的感情。他的花儿，早已消散在天涯……每个人都有忘不了的人，藏在内心深处，时不时地想起，还可能导致钻心的痛。所以，甚至连想念，都有一些不敢了。

《画堂春》：出水芙蓉撷翠荫

《画堂春·外湖莲子长参差》·张先

外湖莲子长参差，霁山青处鸥飞。水天溶漾画桡迟，人影鉴中移。

桃叶浅声双唱，杏红深色轻衣。小荷障面避斜晖，分得翠阴归。

周敦颐作《爱莲说》，将莲花描述为"出淤泥而不染，濯清涟而不妖"的高洁之士，在他笔下，莲花是"只可远观而不可亵玩焉"的，必须保持着一段距离。这是文人笔下的莲。在江南水乡，莲花不仅仅是园林庭院里观赏用的，莲藕、莲子都是很好的食材，就连叶子也可以用来做荷叶饭、荷叶鸡什么的，可谓是"上得厅堂，下得厨房"。

"江南可采莲，莲叶何田田。"这首汉乐府诗算得上是采莲诗的鼻祖，但是接下来五句都是描写鱼在莲叶间戏水的，虽然表达了及时行乐的思想，但并没有把莲花和美女组合起来。待到王昌龄的《采莲曲》，莲花和少女相映成趣，采莲诗算是达到了极致："荷叶罗裙一色裁，芙蓉向脸两边开。乱入池中看不见，闻歌始觉有人来。"莲花即少女，少女即莲花，二者融为一体，赞为绝笔一点也不夸张。

既然唐诗都把采莲这个题材描写得这么深刻，换成词的形式，想推陈

215

出新是有一点挑战性的。张子野有这个胆识，也有这个才华。他打破了以莲喻人的俗套，从另一个角度来刻画这情景内容其实相差不大的少女采莲图。

新雨过后，天越发的蓝，山格外的青，而在那青山映衬之间，几点白鸥飞动，虽然只是很小的白点儿却格外显眼。外湖的莲子正值采摘时节，所以少女们荡舟前去采摘游湖。"水天溶漾画桡迟。"只见水中有天，天垂进水，水天溶溶漾漾，融而为一。船中之人被这景色陶醉了，忘了划桨，任小船缓缓地前行。水明如镜，美人们的身影倒映在这一片巨大的湖镜中。镜子是平的，更能看出小船行进的迟缓，简直是水波不惊。

下片由写景转为写人，重点描写了船中歌女的美。"桃叶浅声双唱"，是形容其歌声之美。桃叶，本是晋代王献之妾之名。献之笃爱桃叶，曾作《桃叶歌》歌之，据说歌词是这样的："桃叶复桃叶，渡江不用楫。但渡无所苦，我自迎接汝。"南朝陈时，江南非常流行唱这首歌（《乐府诗集》卷四十五《桃叶歌》题解）。这首词以"桃叶浅声"写所唱，此"桃叶"即《桃叶歌》。歌声轻婉，故曰"浅声"；女伴同唱，故曰"双唱"。"杏红深色轻衣"，则是描写女孩子们衣衫的颜色。在青山绿水、蓝天白云的背景下，歌女杏红的衣色显得格外醒目。这美妙的歌声、殊丽的姿容，当然会给人很深的印象，即使穿的衣服不是这醒目的颜色，也一样会令人呆呆凝目。

子野不写歌女们的容貌而只写其衣着，正是其韵高脱俗的地方。这时正当暑天，虽然已是夕阳斜照，那余晖仍然有一丝炎热，所以这些女孩子们"小荷障面避斜晖"，以翠绿的荷叶当作天然的遮阳伞，更是一片红绿相间的景色。翠荫就像一块生日蛋糕，被她们几个分割着带了回来。看着她们的欢乐畅快，自己仿佛也在那荷叶的遮盖之下，分到了暑热天气里的一丝凉意。

但凡作诗填词，注重格律、锤炼文字虽然是必须的，更重要的是能有自己独到的视角和前无古人的创意，并在字里行间融入真实的个人情感，否则写出来的文字会有一种做作的感觉，连自己都打动不了，又怎么可能打动读者呢？张先的一个过人之处，就是他具有风流多情的性格，正因为如此，在描写美女时才会别出心裁、创意不断。

《菩萨蛮》：苦吟空留身后名

《菩萨蛮·七夕》·陈师道

七　夕

行云过尽星河烂，炉烟未断蛛丝满。想得两眉颦，停针忆远人。

河桥知有路，不解留郎住。天上隔年期，人间长别离。

在这首词中，独守深闺的妇人在七夕之夜，遥望灿烂的银河，由牛郎织女的分别想及自身，不禁愁眉紧蹙，忆起了远行人。如果天上一天真的是人间一年，牛郎和织女每年七夕相见，就真的是天天都能见面了。既然王母让他们一年见上一面，应该是天上的一年，换算成人间的时间就是365年，在人间何止是"长别离"！人生百年，不是人人都能够长命百岁，活个七八十岁就算长寿了。

陈师道并非以词见长，其文学成就主要在诗歌创作上。他专攻诗作，一心想以诗文传名于后世。相传他做诗用力极勤，平时出行，有诗思，就急归拥被而卧，诗成乃起。有时呻吟累日，恶闻人声，所以黄庭坚称之为"闭门觅句陈无己"（《病起荆江亭即事》）。

他自己说最开始作诗的时候"无诗法"，后来读了黄庭坚的诗，爱不释手，把自己过去的诗稿一起烧掉，专门学习黄庭坚的诗风，两个人互相推崇，江西诗派把黄庭坚、陈师道、陈与义列为"三宗"。其实陈师道只是学了黄庭坚一段时间而已，后来他发现黄庭坚"过于出奇，不如杜之遇物而奇也"（《后山诗话》），因而致力于学习杜甫。对于他学杜甫所达到的境界，黄庭坚也表示钦佩，曾对王云说，陈师道"其作文深知古人之关键，其作诗深得老杜之句法，今之诗人不能当也"（王云《题后山集》）。

陈师道在宋朝文人中算是非常有个性的一个。他16岁时从师曾巩。当时朝廷用王安石经义之学来录用官员，陈师道不以为然，不去应试。元丰四年，曾巩奉命修本朝史，推荐陈师道为属员，因为他的布衣身份而未果。太学博士正录荐陈师道为学录，他却推辞不就。当时的执政大臣章惇曾托秦观带话，让陈师道前去拜见，准备加以荐举。不料他却回答："士不传贽为臣，则不见于王公"（《与少游书》），拒不谒见。

他早年家贫，娶了郭概之女为妻，因为家里穷得揭不开锅，妻女只好在岳父家吃饭。郭概可是北宋政坛上著名的"慧眼挑贵婿"者，他把两个女儿分别嫁给了家境贫寒的陈师道和官宦之子赵挺之。如果郭概活在当今，去买股票准是稳赚，可谓是"潜力股"的伯乐。

元祐二年，当时任翰林学士的苏轼与傅尧俞、孙觉等推荐陈师道任徐州州学教授。两年后，苏轼出任杭州太守，路过南京（今河南商丘），陈师道到南京送行，却因擅离职守被劾去职。不久后复职，调任颍州教授。当时苏轼任颍州太守，希望收他为弟子。陈师道以"向来一瓣香，敬为曾南丰"为由，婉言推辞，不知是出于对曾巩的尊重，还是想置身政治斗争漩涡之外。可惜他仍然是苏门六学士之一，后来被朝廷当作苏轼的余党而被罢职回家。这对他贫寒的家境来说，真是雪上加霜。

当时王安石主张变法，陈师道的妹夫赵挺之是王安石变法的拥戴者，与保守派苏轼、黄庭坚等结怨甚深。早在担任监察御史时，赵挺之就曾数次弹劾苏轼——或罗织罪名说他起草的诏书"民以苏止"是"诽谤先帝"，或牵强附会说他的"辩试馆职策问"大成问题。而苏轼这一派系的人也不甘示弱，对赵挺之极尽讽刺挖苦之能事。所以陈师道虽然和赵挺之是亲戚，却势

同水火。

据说陈师道深夜到郊外皇家祠堂守灵，因没有皮衣御寒，其妻回娘家向胞妹借了一件，而当得知妻子借了赵挺之家的皮衣，陈师道觉得尊严受到了侮辱，对妻子大发雷霆："汝岂不知我不著渠家衣耶！"最终，陈师道仅仅49岁就因冻病而死，真是可惜。

可见"衣食足而知荣辱"并不是普遍真理，自古就有很多高人雅士为了所谓的尊严和面子而死。不食嗟来之食是应该提倡的，但如果不吃就会饿死，生命面前，面子真的就那么重要吗？这个问题的答案因人而异吧。只是作为一个男人，不仅不能不食人间烟火，更要担负起养家的责任，为稻粱谋。如果陈师道把作诗的心思分一点儿到谋生上来，也不至于最后贫寒到冻死都无钱下葬了。生存不易，为半斗米折腰的男人，是没有人鄙夷的，因为他对自己、对家人负责任，是个忍辱负重的好男人。

《青玉案》：花痴情痴本无别

《青玉案·凌波不过横塘路》·贺铸

凌波不过横塘路，但目送、芳尘去。锦瑟华年谁与度？月桥花院，琐窗朱户，只有春知处。

飞云冉冉蘅皋暮，彩笔新题断肠句。试问闲愁都几许？一川烟草，满城风絮，梅子黄时雨。

据《宋史·文苑传》载，贺铸"喜谈当世事，可否不少假借，虽贵要权倾一时，少不中意，极口诋之无遗辞"。也就是说他曾经显贵，但是生性耿直，讲话无遮无拦。据说他是有着皇室血统的，还娶了个"宗室之妻"，就是因为这张只图一时之快的嘴，在政治上没有可能混出名堂，最后愤愤地退居在苏州。而这首词正是他到苏州之后所作。

人与人之间，真的是讲缘分的。缘分有深有浅，有生有灭。两个人，或老死不见，或擦肩不识，或泛泛之交，或相携一程，或结为知己，或陪伴终生。那一年贺铸对美人只一刹那的凝望，成就了这首千古绝唱。

一眼，爱上一个人只需要一眼，这一眼也许只有二十分之一秒的时间。就像有的人不相信缘分，他们也不相信一见钟情。这种事情只要没发生在自己身上，这些人是不会相信的，甚至会觉得荒唐可笑。确实，一见钟情这种小概率事件，遇到的人运气好得可以去买彩票了。他大可以底气十足地

对那些不相信或者嗤之以鼻的人说：嫉妒，一定是嫉妒！这已经不是吃不着葡萄说葡萄酸了，而是干脆否定了葡萄的存在。

苏杭一带山水秀丽，一直盛产美女，所以他能够遇到惊若天人的美女一点儿也不奇怪。"凌波"可不是出自金庸小说中段誉逃跑用的"凌波微步"，而是出自曹植在《洛神赋》中对宓妃的描写："凌波微步，罗袜生尘。"宓妃即洛河之神，子建说她的外形"翩若惊鸿，婉若游龙"，所以后世才有"惊鸿一瞥"之词。而贺铸在苏州盘门之南十余里处的屋子名曰"企鸿居"，大概就是因为这惊鸿一瞥的女子，日日企盼她的到来吧。因为在词的开篇就以洛神比拟她的美了，后来以居所名来表达这次相遇后的无尽相思，也在情理之中。"横塘"即水塘，也应了他江南水乡的居所。

> "如何让你遇见我
>
> 在我最美丽的时刻　为这
>
> 我已在佛前求了五百年
>
> 求他让我们结一段尘缘
>
> 佛于是把我化作一棵树
>
> 长在你必经的路旁
>
> 阳光下慎重地开满了花
>
> 朵朵都是我前世的盼望……"

席慕容这首著名的《一棵开花的树》描写的是一个痴心的女子，但伊人对此不觉不知，终于还是无情地走过，留下了一地凋零破碎的心……这一结局却是与此词惊人地相似。"但目送、芳尘去"，难道两个人只有这一面之缘吗？别说是在古代，即使是当今社会，那些在人群中瞬间对眼的两个人，绝大多数也只能擦肩而过，徒留想象和遗憾罢了。周汝昌因此评曰："全篇主旨，尽于开端三句。"

美人已远，她的锦瑟年华会是与谁同度？也许只是锁在深闺人不知，与寂寞春光共处一室吧？这里贺铸又巧妙地化用了李商隐"锦瑟无端五十弦，一弦一柱思华年"的名句。谁都想把最好的年华留给最爱的人。只可惜世事多舛，很难尽如人愿。

词的下片继续化用了曹植《洛神赋》中的"尔乃税驾乎蘅皋，秣驷乎芝田"，以及江淹《休上人怨别》诗中"日暮碧云合，佳人殊未来"之句，但组合得妥帖自然、不着痕迹。

上片的"目送"二字包含着对佳人不能自已的一往深情和无限盼想，下片仍是扣着"目送"，守望着佳人早已消失的背影，以至暮色四临，而伫望凝想所在的"蘅皋"，又是先前相遇分别之处，景物如昔，伊人已杳，伤心断肠，悲苦不胜，所以才会"新题断肠句"。我觉得这断肠句就是接下来对"闲愁"的描写：你知道我的"闲愁"有"几许"吗？看看那满地的青草、满城的飞絮、满天的梅雨有多少吧！这数目明显已经不是"几许"了，那是怎么数都是数不过来的！正因为这句"梅子黄时雨"，贺铸因此得名"贺梅子"。

世人多用"花痴"形容女子，说男人则是"好色"，前褒后贬，带着世俗的偏见。爱美之心，不分男女，人皆平等。谁说花痴就是流于表面，不能生出这无数的闲愁？谁说男人就不能和女人一样花痴？花痴、情痴，又有什么区别？

正如王菲在复出时翻唱的那首《传奇》，歌词写道："只因为在人群中多看了你一眼，再也没能忘掉你的容颜，梦想着偶然能有一天再相见，从此我开始孤单地思念。想你时你在天边，想你时你在眼前，想你时你在脑海，想你时你在心田……"

《夏云峰》：一点凡心空寂灭

伤　春

天阔云高，溪横水远，晚日寒生轻晕。闲阶静、杨花渐少，朱门掩、莺声犹嫩。悔匆匆、过却清明，旋占得余芳，已成幽恨。却几日阴沉，连宵慵困，起来韶华都尽。

怨入双眉闲斗损。乍品得情怀，看承全近。深深态、无非自许，厌厌意、终羞人问。争知道、梦里蓬莱，待忘了余香，时传音信。纵留得莺花，东风不住，也则眼前愁闷。

僧挥，僧非其姓，而是因出家为僧得此名。他俗姓张，名挥，字师利，法号仲殊，即仲殊师利和尚，又称僧挥，安州（今湖北省安陆县）进士，生卒年不详。他年少时风流不羁，妻子是个醋坛子，因备受冷落而心生怨恨，在饭菜中下毒，差一点把他毒死。幸好他喝蜂蜜解了毒，但医生嘱咐他说："今后如果再吃肉，毒性就会再次发作，而且不能治疗。"也就是说再吃肉就会死掉，于是他弃家为僧，寄居在苏州承天寺、杭州吴山宝月寺。

人，但凡经历过生死劫，就会更珍惜眼前景，看待万事万物更加淡然自如。苏轼《东坡志林》卷二中说："苏州仲殊师利和尚，能文，善词及歌词，皆操笔立成，不点窜一字。予曰：'此僧胸中无一毫发事，故与之游。'"苏东坡与他交往，不是看中了他的卓越文采，而是因他"胸中无事"。

但实际上呢？他这首伤春之作就表明他仍是一位六根不净的普通人，那幽怨愁闷，似乎与出家人的身份不那么协调。另外他还有怀旧之作如："绿杨堤畔问荷花：记得年时沽酒那人家？"（《南柯子》）一个出家人心胸变得开阔，不再斤斤计较，特别是在钱财方面看得淡，都是很容易做到的。但想要斩断情根，抹去关于过去的记忆，是非常难的。人，想要去除动物的本性，还有社会几十年刻画在身上的痕迹，不是一朝一夕之事，更不是谁都能做到。剃度只是个形式，虽然身已出家，心却未曾远离红尘。他在出家后不像以前那样能够恣意地纵情声色，内心终是觉得寂寞的吧。只可惜，一个人隐藏最深的感情，又怎好道与外人说？

这篇作品描写了短暂的春天过去之后内心的幽恨，无计留春住，更阻挡不了人生韶光的逝去，伤春也即感世伤生。

据说苏东坡曾为仲殊长老作《安州老人食蜜歌》，其缘起如下：有一天苏东坡和几位客人拜访仲殊长老，发现满桌的菜食都是甜的，没有咸的。豆腐、面筋、牛奶之类的东西，都蘸着蜜吃。客人中除了苏东坡以外，都不太爱吃甜的，所以"不能下箸"，只好饿肚子了。"唯东坡性亦酷嗜蜜，能与之共饱。"（陆游《老学庵笔记》卷七）

苏东坡喜欢吃甜食是天性，而这位仲殊长老恐怕不是天生爱吃蜜，而是因为曾经喝蜂蜜解毒救了一命，从此饮食就不敢离开蜂蜜了吧。由此可见他的病态心理，对自己的健康的担忧、对死亡的恐惧，都从这一吃蜜的举动中表现了出来。

仲殊在崇宁中期自缢而死，不知是因为长期不能吃肉而觉得人生无味，还是真的看破了红尘觉得人生没有任何可以留恋的东西了呢？或许两者都不是，只是受够了整天提心吊胆的生活，与其恐惧着死，不如跟死亡来一次正面交锋。《老学庵笔记》卷七云："崇宁中，忽上堂辞众，是夕闭方丈门自缢死。及火化，舍利五色，不可胜计。"

明朝邹忠公为他作诗云："逆行天莫测，雉作渎中经。沤灭风前质，莲开火后形。钵盂残蜜白，炉篆冷烟青。空有谁家曲，人间得细听。"

仲殊的死因，已成千古谜团。但是他遗留下的心曲，我们这些后人还可以在茶余饭后拥卷细细品读。人生苦短，珍爱生命吧。如果有杀死自己的勇气，活着更没有什么可怕的了！